水墨菜單

◎冯 杰 著

山東畫報出版社

图书在版编目（CIP）数据

水墨菜单 / 冯杰著. — 济南：山东画报出版社，2017.8

ISBN 978-7-5474-2429-2

Ⅰ.①水… Ⅱ.①冯… Ⅲ.①散文集 - 中国 - 当代 Ⅳ. ①I267

中国版本图书馆CIP数据核字（2017）第109018号

责任编辑 刘　从
装帧设计 王　钧
主管部门 山东出版传媒股份有限公司
出版发行 山东画报出版社
社　　址 济南市经九路胜利大街39号　邮编 250001
电　　话 总编室（0531）82098470
市场部（0531）82098479　82098476（传真）
网　　址 http://www.hbcbs.com.cn
电子信箱 hbcb@sdpress.com.cn
印　　刷 山东金坐标印务有限公司
规　　格 148毫米 × 210毫米
6.5印张　30幅图　140千字
版　　次 2017年8月第1版
印　　次 2017年8月第1次印刷
印　　数 1–5000
定　　价 38.00元

目 录

谱一 焦

谱二 浓

谱三 淡

谱四　清

谱一集

鹌鹑的诱惑

调理鹌鹑叫“把鹌鹑”。我姑姥爷会把鹌鹑，名声很远，连道口镇的闲人也知道。

秋霜一过，大地就白了。棉花地里的鹌鹑走动得最多，未拔的棉花棵叫“花柴”。秋后冷清苗儿的时辰，姑姥爷扛着捕鸟网和几架鹌鹑笼便会上花柴地，露水蹚湿了布鞋。

安插上竹竿，设计好网，最后挂上引诱的鹌鹑笼，姑姥爷便在暗处静静期待。笼里有一只母鹌鹑，姑姥爷称为“诱子”。我后来知道，这诱子相当于汉奸。

姑姥爷的烟瘾很大，搓搓手，得忍住不吸。他开玩笑说，有屁也得细放。

当诱子的鹌鹑多是昨夜挂在灯光下照了一夜，让灯光刺得一双小鹌鹑豇豆眼发红，此时在田野里便开始不住地叫唤，叫声传到花柴地里，公鹌鹑听到叫声纷纷赶去约会，正中我姑姥爷的下怀，便下网。

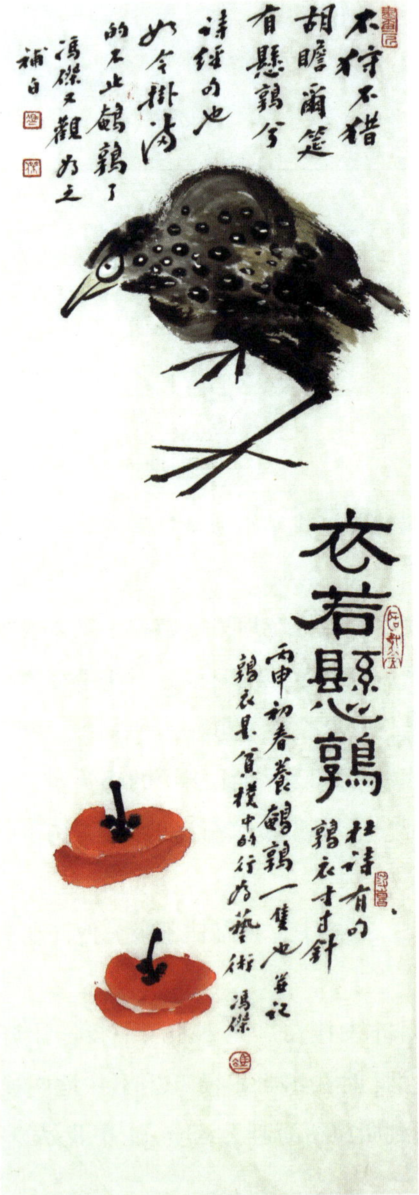
衣若懸鶉
杜詩有句
鶉衣寸寸針

以后才开始“把”，就是调理。

将一只鹌鹑在手里握着，大拇指和食指圈住脖子，无名指和小指夹住鹌鹑腿，让鹌鹑爪子弹空，使不上劲，便见姑姥爷开始捋鹌鹑羽，捋鹌鹑腿，捋鹌鹑嗉子，走到哪里调理到哪里。有一次陪客，喝酒之间，还给我悄然露一下鹌鹑头。

鹌鹑怕光，把好后的鹌鹑要装在鹌鹑布袋里面，系在腰间，赶集时、社交时带着。

每次在走亲戚的路上，我姥姥嘲笑我的拖沓相时，会拿出一个比喻：“看，像你姑姥爷的那个鹌鹑布袋。”

北中原鹌鹑胆小。

那一年秋天，我跟着姑姥爷拿过一次鹌鹑，在露水里，我忍不住咳嗽了一声，大地安静，羽毛缩进暗夜里了，惊得鹌鹑一夜皆无。

姑姥爷弹下鞋上露水，遗憾地说：“黄花菜凉了，明天你不能给李书记按时送鹌鹑了。”

爊

这个“爊”字音读“熬”，看字形像火熬一锅鹿肉汤，不像是炖鹌鹑。

有熬菜；有不是熬汤的熬，就叫爊。

爊的古意有另一种行为。把一只小鸡或鹌鹑用泥巴裹住，放在一堆灰火里煨熟，揭开再吃。在村里，爊纯属一种打野食儿的行为。

在村外拾柴火，大家觉得时光单调，纷纷奇招迭出，烧过蚂蚱，烧过毛豆，烧过嫩玉米，都是素食素事，次数一多，便不出新意，总觉得有一些《水浒传》里李逵、鲁智深们说过的感觉——“口中淡出鸟来”。我突发奇想，必须要来一些荤食荤事。

烧马、烧驴、烧大象，这些大物件憧憬一下就行了，落到实处的只有烧一下小鸡。

捉鸡有两种方法：一是徒步撵鸡，我有此项竞技经验，全村再有耐力的公鸡也经不住两里的路程，你只要耐心盯住，紧赶慢追，它最终会服软；二是钓鸡，用一条丝线拴上一只蚂蚱作诱饵钓鸡。

村外经常走动着三三两两闲散的公鸡、母鸡，多适用于前者。

得手自然不在话下。把鸡整理干净，开膛破肚，无须褪毛，稀水和泥，用泥巴裹一层，挖一方土坑，填满烧透的灰火，把鸡埋在里面开始焖，这就叫熝。

等大家把箩筐里的柴火拾满归来，暗坑里的一只小鸡正好焖熟。

有了这个不可告人的秘籍，村里的孩子都乐意去村外拾柴火，别有用心。

也有大意失荆州的事例，有时回来，刨开土坑一看，烧熟的鸡竟然飞掉了。知道有人在暗处盯梢，提前一步下手了。

更坏的结果是高人埋一泡屎等你下手。

村里人都说近来不断有丢鸡事件，怀疑是邻村那些骑车收鸡者。我二大娘家丢过一只芦花鸡，那是她经济来源的一部分，一年里的生活物质全靠那一方鸡屁股眼。她在街上游行，拍着巴掌骂了两天，从村东骂到村西，不漏掉一块砖。我们背着箩筐路过村口，正好撞见，大家躲闪不及，镇定，急忙安慰她，说："这些天我们在村外拾柴火时，多次看到有两只黄鼠狼在眼前穿过，它们来去可都是一溜小跑儿。"

簸箕柳再记——村茶小简史外篇

中国茶的地理边缘线最北在河南大别山。

北中原不产茶，小时候在村里一直没有喝过茶。我姥爷注释道："喝茶破费，过去只有道口镇那几家地主老财家才喝茶。他们喝喝，倒倒，最后喝的还没有倒的多。"又说："喝贵茶还不如吃扁食、吃大肉划算。"

一村人一年四季都喝凉水，喝白开水，一股烟熏的草木气。

有一年父亲从50里外的长垣县骑自行车来，给我姥姥家买来一只保温瓶，银色瓶胆外面穿着一层竹罩。全家人都当宝贝一样，村里叫姥娘的多，邻居就有个二姥娘，家里凡有客人，就串门来借。

我姥姥在后面嘱咐着：小心点。二姥娘就紧紧抱着瓶胆。

我家来了客人，姥姥冲上一碗红糖，偏要叫黑糖水，色泽浓郁如暗夜，替代茶，算是待客的最高礼节。

全村有时喝一种"村茶"，叫簸箕柳，长在河滩，枝条专门用

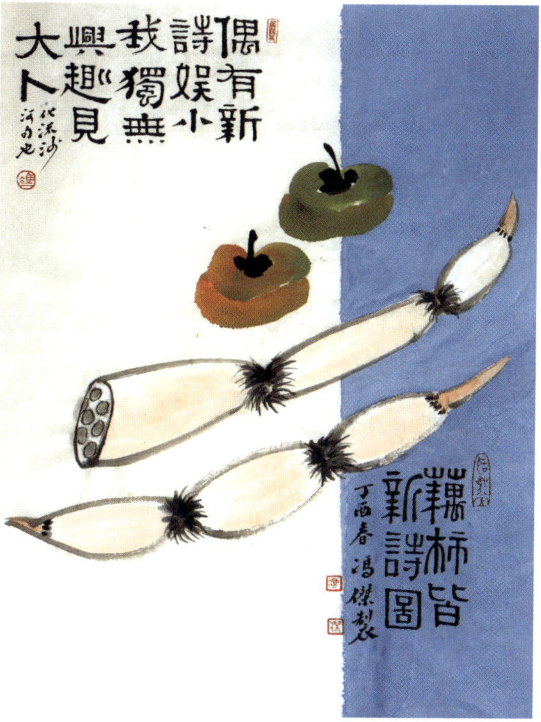
偶有新詩娛小我獨無興趣見大人
藕柿皆新詩圖
丁酉春 馮傑製

于编农具器物。

簸箕柳叶子纤长，叶廓上带一丝红边。谷雨前后采摘，晒干备用。麦收时节，家家会烧一大锅簸箕柳茶，用水桶挑到麦地，柳叶在云彩里上下起伏。

我多是抢着烧茶。这里有个秘密：比起在烈日下割麦，烧茶是件偷懒的活儿，在灶上用柴火烧，簸箕柳茶便粘有一种炊烟的味道，柳叶子煮出来的茶汤金黄，透亮，竟有点像童子尿。

2009 年我到北京出差，在一家叫“天下盐”的四川餐馆吃饭，开店者和我同行，是一位二流诗人，却有一流情趣，他别出心裁，拿出一种只限于他家的村茶待我。茶叶子模样粗糙，大大咧咧。我尝一口，接近当年簸箕柳叶味，同味相吸。

他说，在京的四川人老远打车来，为饮一口这茶。

回到村里，我问二大爷，还有簸箕柳吗？

二大爷一怔，想想说：“哪儿还有簸箕柳？连河滩上空地都开发完了，再说编笆斗的马十斤不在了，如今大家也不会编簸箕、拧笆斗了。”

看来，这雅念不过想一下就算了。

二大爷要领我开胸怀、展眼界，就带我去看县里推广的“社会主义新农村建设”。

我看到村外几处新区连着，一片叫“欧洲小镇”，一片叫“爱丽香舍”。另一片正在建，十多台吊车腾空，张牙舞爪，像一只只钢铁乌贼。一位民工说，建成后要叫“家在巴黎”。

二大爷随口问：“你说，巴黎是一种啥梨？”

二大爷怅然说：“当年这楼下都是一池一池的鱼，一坑一坑的藕。”

二大爷最后说：“这名字真他娘绕口，还不如叫簸箕柳区直截了当。”

白馍，是一种身份象征

“白馍”专指白面馒头，这话一说就等于白说。

在村里，玉米面蒸的馍叫黄馍，其他馍叫杂面馍、黑馍、黑窝窝。这种归类编制上近似正规军、伪军、杂牌军之称谓。

吃白馍除了是一种自身需求，还是一种身份的象征。以前只有公职的国家干部平时才能吃白馍。我五岁到十岁之间就怀抱理想，并且是两种：一是能在天安门城楼端大碗吃鸡蛋捞面，另一个是一年四季一日三餐能吃白馍夹肉。

学习不下功夫时，班主任孙老师就说：“大家要好好念书，考上大学天天有白馍吃。考不上只能吃‘窝窝’，一辈子跟在牛屁股后打坷垃。”后一句我就不翻译了。

他一说多话就流口水，女生尤其不喜欢他。

不能用现代眼光来看旧日，历史观不能超越。我少年时代，就这两个理想：捞面和白馍。

平常人家春节时吃白馍，我姥姥恭敬地把馒头称为“供馍”，白馍是只有节日上供时才使用的，不能给祖宗上窝窝。摆三堆白馍在供案上，一直放到白馒头开裂，像钧瓷炸瓷开片。下供的馒头掰碎泡馍水，这种吃法有个专业术语，叫“烩馍水”。

村里，一个人只有生病休养时期才配吃“烩馍”，其他是老人、孩子。几种馍类里只有白馍能担当“烩馍”之大任。

痖弦说过一个旧日他豫南老家和贫穷有关的乡村笑话：

背景是乡村三个孩子玩累了，要回家。

甲童说：我要回家吃馍了。

乙童说：还没过年你家就吃馍？

丙童说：啥叫馍？

有一天在郑州一条街道，我凑朋友的车赶一应景饭局。在东里路拐弯处开窗，正好飘出馒头味道，馍铺紧着传出一声吆喝。忽然怅惘，想到我妈蒸的白馍，一朵朵像白莲花在一盏黄昏的灯下晃动。

我叫道：停，停下。

我下车买了一个白馒头，一个刚出笼的馒头，能印出手纹。这是我在客居谋生的城市里第一次这样吃白馍，白莲花在黄昏凋落。

吃后留有一丝遗憾，我没有闻到我妈蒸的那一种酵母味。

鳖事萃

钓鳖诱饵最好要用“除川”（我们对蚯蚓的称呼），其次用碎肉、面团、熟玉米粒，有时还可用蛆，会有一点剑走偏锋之效。

我一直没有钓过龟，龟有灵性，充满文学气息。我知道唐诗里有一只李龟年，他穿行在正是江南好风景的空间。

前年在广州旅次，看到一个旅游点的放生池，生意火爆，放生处的小姐们认真敬业，在出售的龟背上，刻着放生主人的名字，这样可百年千年永恒。放眼看去，一时池子里便游动着“赵某某”“李某某”“张某某”“王某某”。

他们在荷花里游动。

在我们村里，有民间单方，老鳖，治疝气，治脱肛。

三十岁前，我一直分不清鳖和龟。三十岁后，才逐渐分清鳖和龟，知道龟是老鳖的堂兄。

龟和鳖不同，我试过，龟字繁体 17 画，鳖字繁体 23 画。照中国特色，按姓氏笔画为序，笔画少的一般要排在前面，举此例全是为证明龟贵鳖贱。

有一出京剧叫《钓金龟》。唐朝武后改官员所佩鱼符为龟符，鱼袋为龟袋。三品以上龟袋用金饰，四品用银饰，五品用铜饰，是说官越大身上挂的龟符越大。

可见金龟可指用金制成的龟符，还指以金作饰的龟袋。后来，金龟婿代指身份高贵的女婿。

在乡村，鳖肉、狗肉、驴肉都不登大雅之堂，过去老鳖肉村里人都不吃，嫌弃其丑陋，认为端不到桌面上。现在鳖开始有面子了，一只只冠冕堂皇出入高级宴会，酒店价高得出奇。鳖肉滋阴汤、鳖肉补肾汤、鹌鹑蛋烩鳖等等，那些裙边、骨针，都是集一世之精华。

县委一个工作队下乡检查，平时工作队多吃小鸡。中午宴席，安排一次团鱼宴，服务员端上一盆“枸杞炖鳖”，秘书平时习惯了，想让领导先吃，以示尊重。只见秘书执筷，探入汤盆上作一按鳖状，呈恭敬态，对书记说：“李书记，你先动动，你先动动。”

李书记听后，不动。

必备的器物

进厨房，常存恭敬；
敬灶王，口念真经。

——《东厨司命灶君真经》

蚯蚓在地下建造属于自己的房子。

——冯杰

“草房子大于宫殿。”我姥爷说。“金窝银窝，不如自家的狗窝。”我姥姥说。我说：“我家厨屋菜蔬的亲切可媲美乾隆皇宫‘三希堂’书法之乱。”这都是敝帚自珍的实例。

理想的厨屋空间多作以下安排：

桌子一张，案板一方，菜墩一方（柳木、榆木最佳，有清甜气；楝木、槐木则不可），擀面杖一根，小擀杖一根（碾花椒面），菜刀一把，擦床一把，铲子一把，青花粗瓷碗一摞，碗橱一架，铜勺

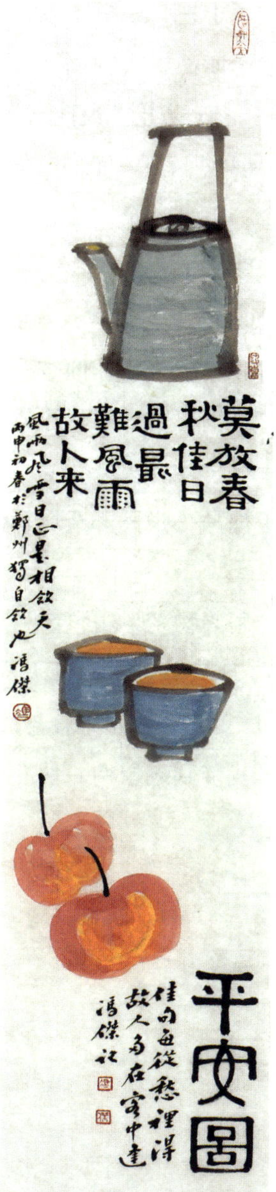
莫放春秋佳日過最難風雨故人来
平安圖
佳句每從愁裡得
故人多在客中逢

一把，小勺子十把，筷子十双，饺子叉两个，筷笼一方（柳编或木制），白盘子四面，大铁锅一口，小炒锅一口，平底铛一面，锅牌三个，围布一条（防止蒸馍泄气），水瓮一面，水桶一对，水瓢一把，水壶一把，小咸菜缸一面，肉钩一把，饸饹床一张，和面瓷盆一个，铝水盆一个，竹篦一个，笊篱一把，馍筐一个，馍蓝一个，抹布两方，水裙一件，盐罐一方，红薯醋一壶，豆油一罐，小磨香油一瓶，酱油一瓶，面缸一方，酵母一包，生姜四块，葱一把，干辣椒一串，大蒜五咕嘟，花椒一盒，茴香一盒，陈皮一盒，胡椒一袋，红糖一瓶，滑县“冰糖春”一瓶，小碟子两个，蒜臼一个，蒜杵一把，蒲墩一方，台灯一盏，火柴一盒，北墙上灶王爷神龛一座，灶王爷、灶王奶并坐神马一张——祭灶日便于神们在月光里行走。

足矣。

其他应用诸物，观看季节，当“与食俱进”。孙中山引用孔子语、孟子语曰：天下为公，天下大同。有时会出现多余元素，是厨房的某种意外。如，忽然进来老鼠一只，此刻该必备猫一只。

一天，我梦到老鼠衔一块花生饼，在童年饥饿的教室里游走。

吃烧饼的适度——听姥爷讲述烧饼的中庸

专题来分析吃烧饼。

吊炉烧饼，草炉烧饼，高炉烧饼，都是饼。诸饼叫法不一，说的皆是一种，就是烧饼。

北中原“食物管控区”下的烧饼铺排在天空，一律发面制作。用死面制作的那叫火烧，是烧饼的堂兄。

天下高炉烧饼以夹熟牛肉最是般配，饼唱肉随。夹羊肉显得有一种异气，夹猪肉显得油腻奢华，夹咸菜肯定显得一派穷气。

前天看到粤菜“打边炉”，以为是打烧饼，喊上来，方知是火锅。

吃烧饼必须夹牛肉且夹切片牛肉最佳，夫唱妇随，珠联璧合。豫东有一种专门的“垛子肉”，小红车一推，高过草帽。

烧饼并不是夹肉越多越好，需要一种适度夹法，夹肉程度需凭味蕾经验掌握。当年我姥姥说过：“烧饼夹肉，越吃越瘦。”没办法啊，实际正话反说，是简朴日子里的一种生活反讽和安慰。

一方烧饼要夹多少片肉才合情合理？村里算术老师没有计

算过。

我姥爷道吃烧饼经验：夹饼不是胡夹。肉夹过多，会掩盖烧饼的麦香味，让人吃不出烧饼神韵；肉夹少了则被烧饼味遮掩，面大于肉，又吃不出牛肉味。

真是一种烧饼辩证法。

万一你赌气不夹，烧饼则会更显逊色。面对一摞上好的烧饼，当代气派的土豪往往会失去“食智”，我们那里最大的企业老板是民营企业家崔天财，一次酒后，他拿出一个烧饼和大于烧饼的大钞，说：“给夹上一百块钱的牛肉。”

打烧饼者像炉子，岿然不动。

烧饼的中庸之道不是钱多所能买来的，这里有一道食线，哪怕你在烧饼里夹上一头煮透的南阳黄牛。

吃石榴者言

浅说一下吃石榴。

我吃过的石榴品种可数，有四五种。陕西临潼石榴，个大，色艳；荥阳河阴石榴，无籽，软籽。这些石榴都有个性。世间人说它们是贡品，定位极高，相当于说当下著名的人物，也就是说它们是一颗一颗著名的石榴。

吃了无数石榴，印象最深的还是姥爷在自家门前种的那一棵白石榴树。它开白花，结白籽。我吃时说白话，中国第一首白话诗和蝴蝶有关。

村里的大人很少专门吃石榴，石榴多走亲戚时用，出手排场，一字排开，像绣球。记得我姥爷开玩笑说过：吃石榴不过瘾，像是吃虮子，只听砰一声，就没有了。

石榴既不解渴，不如饮水；也不充饥，不如吃饼。一部《水浒传》，我从头看到尾，没有李逵吃小石榴，常见他吃大块牛肉。鲁智深也不吃石榴。

榴枝婀娜榴實繁
榴膜輕明榴子鮮
可羨瑤池碧桃樹
碧桃紅頰一千年
李義山先說果後說花也
乙未冬於鄭州 馮傑又記

想想石榴存在人间的道理，肯定自有石榴的道理。那么远，它从西域走来，道路遥遥，征途漫漫，磕磕碰碰，近似下东土传法布经，很不容易。

我想出来了，石榴适合一个人独自消磨时光，也适合两个人来说话。石榴用于调情，细细碎碎，属于小格调水果。

它要裹住整整一座城堡的甜蜜。

两个有心人在吃石榴，慢慢来剥，急不得，石榴皮是苦的，把黄色分辨一下，抠出来一颗一颗的话语，晶莹，透亮。你说话啊。最后，一颗石榴吃完了，剩下一捧话，人也该走了。

忆多年前旧事旧话，让人伤感。

吃过一次龙肉——目餐初试

我姥爷说过，天下最好吃的肉有两种：天上龙肉，地下驴肉。

驴版肠、驴钱、驴肉夹火烧、九驴闹春汤，这些我都吃过。只有龙肉一直没有机会尝试。四十年后，终于吃了一回龙肉，不过是在南北朝刘敬叔《异苑》里，尚属“目餐”。

陆机尝饷张华鲊。于时宾客满座，华发器便曰：“此龙肉也。”众未之信，华曰：“试以苦酒濯之，必有异。”既而五色光起，机还问鲊主，果云：园中茅积下得一鱼，质状非常，乃以作鲊，过美，故以相献。

张华是谁？张华是《博物志》的收集者、好事者、拾遗者，一向坚持古典魔幻现实主义写作，懂得把鱼鳞和鸟羽嫁接。

鲊是蒸熟的鱼，这我知道，过去我吃过清蒸鲈鱼、清蒸鲢鱼。里面使用的“苦酒”有两种解释：劣质味酸的酒；醋的别名。这里应该是浇醋。浇上醋，眼睛一花，喷嚏一打，出现了某种化学反应。

结论证明如下：某年某日，那一群名士只是吃了一次清蒸鱼，鱼不认识人，人也不认识鱼。大家喝晕了，开始有了通感，都以为吃了一次龙肉。陆机还是名士，他的《平复帖》有“法帖之祖”的美誉。这俩人吆喝众人演出了一场行为艺术，醋味粘衣到钻衣，属于历史上的一次“误食”。

合上书后，我依然口有醋香。我也吃醋了，吃历史之陈醋有趣，近似吃错一捧当代的老鼠药。

查茶和数米

我的读书史。我少年时在乡村能读到的作家如下：以鸦片战争前的中国老作家们为多，1949年以后的中国新作家次之，外国洋作家数量最是有限，高尔基算是其中一个大作家，他还是革命洋作家。我15岁时会背诵他的《海燕》。“那是高傲的海燕。”乡村简陋的教室，土墙剥落，背景里有苏联的暴风雨。背诵到这时必须要高举一下手，以便助势。

印象里高尔基的胡子最整齐，有鲁迅一般的造型。

革命作家不只单单会写“高傲的海燕”，少年时我看高尔基三部曲之一的《童年》，一本书翻完了，里面有一个细节牢牢记住，是说他祖父祖母如何吝啬：平时他们喝茶的时候，茶叶是要查数的，一一数着来喝。

现在细想一下，在不产茶叶的俄罗斯，他们喝的茶是从东方中国运去的。茶叶们一片片坐在马背上摇摇晃晃，缓缓而来，造成这样的数茶方式一点也不为过。草木提神，外国人一直好奇。当我年

囊中三升米爐邊
一束薪夜雨草庵
裏雙脚等閒伸
録良寛诗句
丙申初夏
於白米芥菜居日課也
以米入藕耳 潘傑

纪增长后，我才知道数茶是一种简朴美德。高尔基完全是以孙子之心度爷爷之腹。

我家从来不一一数茶来喝，但是我家一直数米来吃。

我姥爷说，以往的文人，把过日子艰难称为“数米而食”。陶渊明不为五斗米折腰那是他家还储存有五斗米。不折？饿也得饿趴你！

不比过去，即使现在也是。我家就经常数米而食，粮食里的虫子南方叫米象，北方叫麦牛。

麦子、大米在夏天易生虫，冬天不生。面对生虫的粮食我姥姥舍不得扔掉，找一个好天气，把米摊在阳光下，好合好散，让它们一一爬走，最后也有顽固的虫子赖着不走，她会用箩筛一下。

面对一张打满褶皱布满雨点的旧纸，唯一的办法是要耐心抚平。生活里我们还要继续吃米吃麦，过那些爬满虫子的日子，然后一一捡走再过赶走后的平常日子。

尽管中国南北方对这些小虫子的称呼不同，一个叫象，一个叫牛，但它们都不是高傲的海燕。

醋的结构分析

在留香寨村，醋的存在和使用一直保持两种形式：赊醋，淋醋。我先描述“过去时”。

很少有人家去商店买醋。

经常买醋的人家，在村民意识里都会觉得手懒，你家连醋都不会淋？有偷懒不会精打细算过日子的嫌疑。赊醋属于无奈中的一种行为，日后肯定是要还的，只有淋醋人家，才有还醋的保证。年年坚持淋醋的人会让人对手艺称善。

在分类上，我姥姥淋的醋属清醋。清醋使用范围广阔，调凉菜最是般配，如调黄瓜、调白菜心、戳红萝卜丝、调细粉、调根达菜、调菠菜。另一种稠醋只适合蘸饺子。我二大爷还说稠醋易解酒，喝上一口能举一反三。这两者是阐述醋的荤素搭配。

村里有的人家为省粮一天只吃两顿饭，把最后那顿晚饭省掉。习惯成自然，一睡解百饥。假如耶稣来到北方肯定不会被出卖掉，因为北中原不吃晚饭，没有那道“最后的晚餐”。我二大娘家自有对付晚餐的方式：烧一锅热醋水，水开了，冒一锅白泡，紧着撒上一捏葱花，算是晚饭。那些碎绿在酸上漂游，醋锅周围是一圈饥饿的眼睛。

旧醋多含酸楚。

中国人如果没有醋，会比没有酒的日子更是天大的灾难。

世上回忆多充满醋意。

二十世纪的某一年某一天，在芮城旅次，永乐宫壁画的线条游刃于山西荞麦面条之间，那是我看到的质量最好的中国民间艺人线条，我曾从图册上临摹过。

我和一位新红学家吃饭，设备粗糙，端大碗山西好面，浇上山西陈醋，一边说醋是“晋食里的精神”，是米的精神、谷子的精神、黍的精神、阎锡山的精神。

新红学家长得像薛宝钗，是此时山西的薛宝钗，是我喜欢的那种脸型。她嘲笑我吃陈年老醋，还提问我啥叫醋？

问题平常得有点突然。熟虑后，根据人生经验，我小心翼翼地说，醋就是醋。

失言后，她便小看我。说你这就不懂了吧？醋就是把酸分子倒入水里然后融合的过程。

灯盏的另一种功能

在一个村的民俗里，元宵节小孩子必须要端灯盏。

留香寨的灯盏是一种面食。

姥姥提前要蒸几十座灯盏。大门口两盏，堂屋口两盏，厨屋口两盏，牲口棚前也要放，马蹄子下也要放。今夜，需要一院子明亮。

灯盏都是由黏面做就，成分为玉米面、黍子面。灯盏里面放麻油，最后使用完了可以吃，有一股“燎烟气”。元宵那晚上孩子们纷纷结团串巷，多于黄鼬，去偷端别人家门口的灯盏，运气好的话可连吃五六个灯盏，可谓互偷有无。

我偷灯盏是为了吃，消灭那一盏光明。

中年时才看到李时珍有关于端灯盏的句子：“上元盗富家灯盏，置床下，令人有子。”这是治不孕症的病例。不过中间过程我虽假设了许多环节，但情节还是联系不上。

灯盏的这另一种功能，完全出乎灯盏自己的意外，它们一年只出场一次。

《肚痛帖》和蒜焖面条

平时治疗肚子痛是把不争气的肚子贴在一个热石磙上面。还有一个治肚痛的食疗单方，方法简单，操作得手，可手且可口：先在碗底放上半勺蒜汁，盛满热面片或面条，开始焖。十分钟后，搅拌均匀，吃上一碗，肚痛即可治愈。

这道面食在我家俗称“剩饭调面条”，有时中午做好，单等晚上调吃。

对症多靠经验和揣测。肚子痛了简单来吃一碗焖蒜面条，近似饥疗，蒜加热才能杀菌消毒。我姥姥经常使用此法，在全村推广，极为流行。

书法家治肚痛则用大黄。大黄有攻积滞、清湿热、泻火、凉血、祛瘀、解毒等功效，这六项肚痛原因都有来源出处。

魏晋以前的书法家一般不肚痛，书法家肚痛起自唐。

我临草书，看张旭《肚痛帖》，看到了唐朝的肚痛，帖云：“忽肚痛不可堪，不知是冷热所致，欲服大黄汤，冷热俱有益。如何为

柿說新語
丁酉馮傑製

计，非临床。”

这是唐代一次著名的肚痛，有线条在纸上痛。

张旭不知蒜汁焖面条之妙处，在日常生活里只有用大黄汤代替，大黄不如大蒜平和，蒜有百益，单单对眼睛不好。

如果吃了大蒜，写字时，提笔便开始发昏，这是蒜的可怕之处。草书？让你草不成书，草不成勉强来草那叫装蒜。

欲知肚疼如何？且看下章分解。

掭蒜莛

已没人用“掭”来发音了，众人早不知它的专业所涉和指向。

我统计过，从鸦片战争到“文化大革命”这一时间段里，汉语字库里那些古雅之动词多年闲置不用，字也怕闲，这些动词自己觉得无成就感，闲坐，便流嘴水、打瞌睡，凝固、死掉。

在我们村，讲究一点来说，收获蒜莛就是拔蒜莛，且必须叫“掭蒜莛”。谨着手，慢慢往外拔，小心翼翼，心平气和，像音乐家拉一个音符。

种蒜是为了收获下面的蒜头，而蒜莛的出现是节外生枝，成了意外收入。我有时拔出一条蒜莛，看到底端一段如此鲜嫩，往往会忍不住咬一口。蒜莛新鲜，缺点是吃多会有烧心感。年轻时候，我周围的那些“二百五”们比赛，有时就比赛吃蒜莛，吃一斤，吃二斤，吃得惊心动魄。

不管种多少亩地的蒜，收获时蒜莛必须要一根一根来掭。仲夏来临，掭蒜莛最好的时间是中午，气温上升饱和之时，蒜苗内部结构开始宽松舒展。早晨和黄昏时段都不适合掭蒜莛，气温低，是收缩的状态，娇嫩的蒜莛会受惊，拦腰折断，或功亏一篑。

把蒜莛切段，泡上盐水、花椒，挤在碗里相溶一夜，第二天就可以吃，这是最简单的咸菜。

历史上，河南中牟县是古代美男子潘安的老家，我去郑州必定路过，经常要搭车穿越“官渡之战”的古战场，是当年曹操和袁绍干架叫骂的地方。这里曾是一个以产蒜闻名的蒜乡，政府多是为面子工程，对农产值业搞“一刀切”，号召家家种蒜，大力推广，结果失策，蒜贱伤农。十多年前我路过人民政府，看到里面有一标识雕塑，竟是一头大蒜。

后来再路过，看到这头“蒜塑像”撤掉了。

我好奇。一问，当地有人为我道出隐情：群众私下里都说人民政府是在装蒜。

大刀面者言

大刀面又称“长寿面”，如果不是长度的缘故，两者根本扯不到一块，说是起源于宋朝。开封人开口吹牛，言必宋朝，哪怕是店铺卖花生仁的经理，也敢说宋徽宗上朝就吃花生糕。后来我知道，经理私自提前了六百年。

那一年坚持打形势，我去兰考学习焦裕禄精神，当年我爸当小职员年代学习焦裕禄精神，半世纪过去了，我还继续学习焦裕禄精神，一如含吮化石。一位要好的开封诗人丁发献先生咬一口红薯泥，然后说，大刀面发源于盛产小麦的兰考县，几年前被开封市人民政府公布为非物质文化遗产。

我说，俺县也产小麦，还是中国的麦都，也有大刀面，不过是把面切细而已。

开封诗人反驳，你是河北的，我的是从北宋传过来的。

说我是“河北的”就是黄河之北，古称。果然，应了我开头那句评论开封人的定语。

诗人开始给我讲面，讲大刀面用传统工艺纯手工制作。

面搓成絮，木杠压，成硬块，盘起回性，擀开一毫米厚薄后，拎擀杖叠起成半圆形。再用擀面杖擀、推、压，使面皮犹如白绫，薄至透明显影，隔面可观报纸——报纸须得党报——这家伙此时还不忘调侃一句。

那擀面杖近一人高。

刀长二尺二寸，背前端宽三寸，背后端宽四寸，老秤重十九斤。

第二步是切。大刀切面，既细且韧。右手提刀，左手按面，边提边落，起起落落，案随刀响，刀随手移，不许咳嗽，细如发丝的面条便出来了。

水开下面，两滚即熟，浇上做好的臊子即可食用。

夏季用蒜汁、香醋、芝麻酱、小磨油、姜末、葱花、香油凉拌；冬季浇上用鱼、虾肉、大葱、生姜等慢火精炖而成的汤汁。

开封诗人最后补充说，面是主要的，汤就不能用宋朝的啦！

还好，这位诗人没有堕落，他还知道下面忌浊，以清汤为好。

二写枇杷

距我第一次写枇杷已有十年，中间我加写过一次，添上了两行枇杷的注释。

枇杷多产中国南方温暖多雨地，至今看到写枇杷最妙的是明初杨基一句“细雨茸茸湿楝花，南风树树熟枇杷”。他懂画面感：一个是紫，一个是黄。北中原过去没有见过枇杷果，我只吃过滑州药店“枇杷膏”，喝过匡城药店“枇杷露”。然后，我和严冬的树一样咳嗽。

乡村交通不便，只有交通便利处的富裕人家才有吃枇杷这番闲情。对一般平民而言，还没到不吃枇杷就不活的险峻时刻。

看书，我看到偌大北方只有山东的西门庆家里才有一盒子。

只见黄四家送了四盒子礼来，平安儿掇进了，与西门庆瞧，一盒鲜乌菱，一盒鲜荸荠，四尾冰湃的大鲥鱼，一盒枇杷果。伯爵看见，说道：“好东西儿！他不知哪里剜的送来？我且尝个儿着。”

漢碑和枇杷
丁酉春於
張遷碑字也

一手拑了好几个，递了两个与谢希大，说道：“还有活到老死，还不知此物什么东西哩！”西门庆道：“怪狗材，还没供养佛，就先拑了吃。”伯爵道：“什么没供佛，我且入口无赃着。”

枇杷是供果，神不吃，人就吃。西门庆不吃，应伯爵就吃，他不独吞，还转给谢稀大。

《红楼梦》里有枇杷吗？有，是两个孩子在斗嘴。这个说：“我有《牡丹亭》上的牡丹花。”那个说：“我有《琵琶记》里的枇杷果。”大观园里的人素质明显要高，这是讲的文学通感。

我家那棵枇杷成熟，早上我还没醒来，提前来几只白头翁，先把顶梢上熟透的枇杷啄了。等我摘下来，只剩下枇杷核了，如和田籽料。

有的枇杷枝延伸到平台上，外面临一条胡同。我摘枇杷时，听到游动着一胡同的果贩叫卖市声：“樱桃熟了！”“谁要杏！”就是没有叫卖枇杷的市声。要为枇杷呐喊，今年只有我有资格了。

新下的枇杷上有一层绒毛，不必冲洗，一颗枇杷要从后面的蒂处剥皮才符合顺序。熟透的枇杷要盛在一方青花瓷盘里，要带枝，最是恰当。

油画画出的枇杷大都不熟，枇杷果叶易入中国画。画枇杷叶子必须画上中间那一道纹路，像一根鱼刺。趁第一次淡墨未干，紧着用枯墨。

在这个世界上，谁还有心情来用长长的指甲尖挑开枇杷的黄皮，那是一种小资产阶级的行为，无聊里透出一丝优雅，近似奢靡之风了。31岁那一年夏天，我遇见过这样一个人。

饵丝和红油和她

李老大烧鸡铺有时也煮猪耳朵，混搭，像小说家兼写几笔散文一般自然。

鲁迅写小说，也兼写散文，属于混搭。郭沫若涉猎广，更是混搭。

放学后我就喜欢围着李老大的烧鸡铺子看他操作猪杂，他是这样的顺序：先刮猪耳，耐心去掉耳垢的小毛，洗净放入锅内，加入清水烧开，一边撇去浮沫，煮至七成烂时，捞出冷凉，算是煮成了。

焯出来入盆开始出售，严格说这时只是猪耳朵，还不能称作饵丝。

把猪耳朵切成细丝，淋上香油，凉拌，叫饵丝，这菜是下酒菜。丝是对食物细状的泛称，驴耳朵、马耳朵、牛耳朵、龙耳朵切丝也应该称饵丝，只是多数人没有机会操刀而已。

饵丝内含脆骨，一嚼，咯吱咯吱满口响。黄瓜拌饵丝、大葱拌饵丝，都是珠联璧合的凉菜。最有名的一道叫红油拌饵丝，现在它已不只是入川菜馆必点之菜了，在中原大地也有。

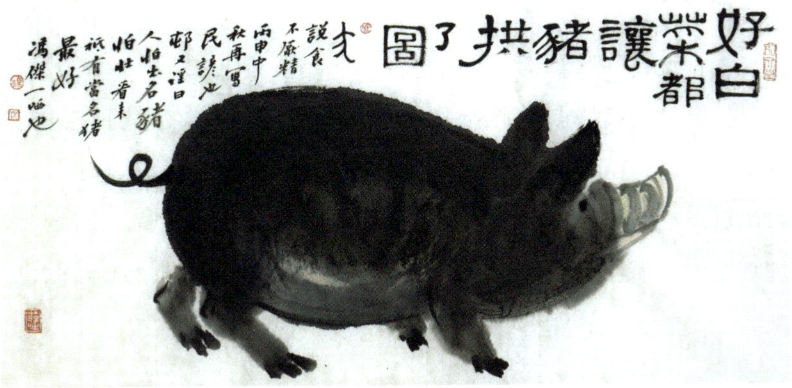
好白菜都讓豬拱了圖

我上大学的时候，写过《看曹雪芹如何扎风筝》的论文，当年女友叫小何，不断起哄。她是数学系里的一位跨领域的《红楼梦》研究者，在今天则流行叫“红迷”。当年，她一直坚持传统饮食习惯，一直热爱林黛玉，但她和林黛玉不同的是十分爱吃猪耳朵，还写过一篇《史湘云吃过鹿耳朵初考》的论文。当年，每当她伏在我耳边要说悄悄话，一股小鹿气息，我开始心惊肉跳。

拌饵丝多属关门独享，缺点是上不了大桌面的，这也未必是缺点。饮食没有好坏，只有恰当与否。

拌饵丝最大特点是简洁、快速、方便，主要原料有：猪耳朵1对，香菜2棵，蒜苗1棵。调味料：葱1根，姜2片，酒1大匙。

这只是简单对猪耳朵记述一下，北中原的耳朵很多，下次我来细致地说“猫耳朵”，那是另一种“隐喻面食”，非真的猫耳朵也。

风度和淡定

我 38 岁挂传呼机，40 岁才有一部自己的手机。大年初一，有人发短讯拜年，句式大都重复，一读新鲜，二读舌酸，三读嚼蜡，有的竟发的是“二手祝福”，可见干啥创新都不易。

早上有一条好语言，我未删除，那好语言是要我必须“蛋定”。

我一怔，这人是一位县级别领导，冠冕堂皇，不像和我插科打诨。十五天后，过元宵节，类似警句又出现，我才恍然：这“蛋定”是让我“淡定”，要我达到人生某种境界。

以上算是引子，下面围绕淡定而论。

我已定型，淡定境界一辈子达不到。少年时想到成熟时自然会有，人到中年心境却惶恐、长毛、不安，破罐子破摔。

我明白需要一个前提：有风度才能淡定。

周一去郑州的路上，班车缓慢如炖一锅羊肉汤。我看一篇记叙大知识分子苏珊·桑塔格的文章，说这是位有“公众良心”的作家，且特立独行云云。骨子里桑塔格是有精英意识的，比如，在纽约

畱餘圖
臨事讓人一步自有餘地
臨財放寬一分自有餘味也
丙申初春於聽荷草堂
馮傑

大凡出门必须打车，她无法想象自己要去挤公共车的窘样，有趣的是，她在大街上潇洒地一招手，大衣腋下便会露出来一个破洞。

这是风度吗？在中国叫魏晋之风。衡量风度的标准可短可长，全看你的文化立场、个人心境。风度与贫贱、与道德无关。

想起村里孙铭五大爷，一辈子硬，八十九岁那一年，顶风尿尿，傲然挺立，不用手扶，这也是风度吗？

我生活落魄，不像桑塔格出门必须打车。有次步行到别人宴上，一酒盅碰倒，洒了一桌，是汾酒啊，店小二执巾要擦。我说别，俯首喝下，有人说我没成色。

什么叫乡村的从容和淡定？大的从容状态我做不到，譬如我姥爷说过金圣叹就义前吃一把豆子；小的标准我可以参考，我想学我姥姥和米的关系：吃米饭时，吃出来一个虫子，挑出来，继续吃；又吃出来一个虫子，挑出来，继续吃，旁若无人，不是，是旁若无虫。这风度的形成与多年的家庭贫穷有关。

谱一 浓

狗尾巴柿饼

柿饼也可以当馍充饥，尤其是狗尾巴柿饼。

为啥叫狗尾巴柿饼，不叫驴尾巴柿饼？因为狗尾巴短，驴尾巴长。

进入正月，我牵着衣襟开始跟随姥姥按顺序走亲戚，东庄、河门头、张堤、苗丘、张八寨。亲戚要一家一家地走，饭要一家一家地吃。多是扤一个笆斗篮，里面压的礼物计有：花糕一座、点心两封、馒头四个或八个、柿饼两串。外面用一条花蓝毛巾扎住。有时嫌篮子外表看上去不丰盈，就再加些油馍、焦叶、果糖等其他吃物。

这种篮子统称叫作“馒头篮”。村里还有一个语言隐喻，生闺女叫“多个馒头篮”。

单说那馒头篮里的柿饼，十来个黑柿饼用一根柳条枝串着，像七大行星一般，我们叫狗尾巴柿饼，如果走亲戚送去两条狗尾，亲戚多是收下一条，还会留下另一条回赠，这叫“折”，双方必要谦让争执一番。像花糕、点心这些镇篮的大件，主人家一般是“不折”的。

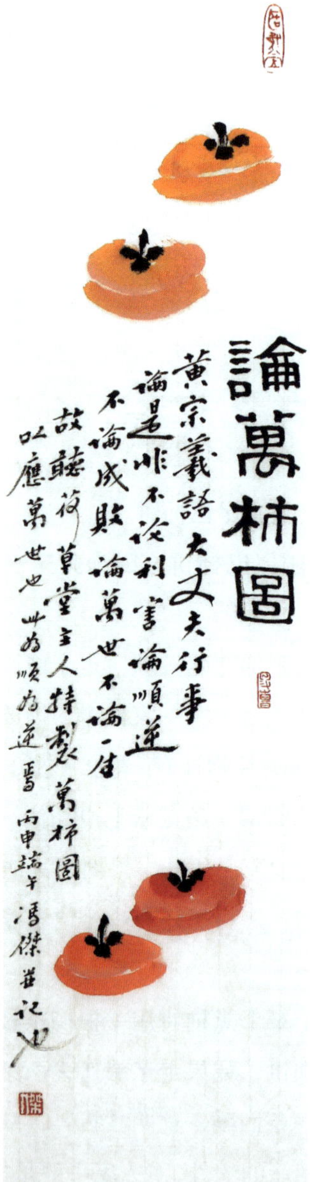
論萬柿圖
黃宗羲語
大丈夫行事
論是非不論利害
論順逆不論成敗
論萬世不論一生
故聽荷草堂主人特製萬柿圖
以應萬世也
此為順為逆
丙申端午
馮傑並记

在回家的路上，我会偷偷抠出一个柿饼来，边走边吃。

走亲戚的柿饼多是我姥爷过年前在高平集上赶会买来的。为了省钱，他有时还买那些削掉的柿饼皮，一拃长。柿饼皮也能吃，冬天我咳嗽不止，姥姥有一个单方，用棉油炸柿饼，吃下两个果然就沉住了气。

有一句关于走亲戚的俗话，叫“狗尾巴一串儿，混顿饭儿”。用儿音来说最传神，是指剩下的这一串狗尾巴柿饼。

到后来这一条狗尾巴长了，柳条上穿的柿饼变多变大，盘成一个大圆圈状，走亲戚要骑自行车，馒头篮子挂在自行车后座上，剩下这几条圆圈柿饼就随手挂在自行车把上，左右摆动。

一条细细的乡路上，车铃一响，铃声就会敲打着上面一层白白的柿饼霜，在暮色里，纷纷掉落。

饹馇

饹馇还叫锅饹巴。

一锅“糊涂”被一家人喝到最后，亮底，就剩下一层锅饹巴了，属于江山已尽，残山剩水。

我姥姥开始用一柄炝锅铲铲净剩粥，略微撒盐，淋上几滴小磨香油，摊平，开始铲出来，饹巴自动卷成小卷，在锅底滚动，盛在小碗里。口味只有自己的舌头知道，舌头不语。

一家人喝完一锅粥，我单等的就是这最后的一层饹巴。在月光里吃饹巴，月亮在草色里慢慢升起来了，风一吹，在屋脊上飘来飘去。

我姥姥讲过一个关于懒人的故事。

说高平集上某某家的媳妇邋遢，不会过日子，地是经常不扫，锅是整日不刷，这一天夜里来贼，那贼要偷锅，揭其灶台的铁锅顶在头上就跑，一家人喊捉贼，贼逃。回屋一看，铁锅依在，那贼揭起来偷走的是一层厚厚的锅饹巴。

我姥姥这故事本来是说教平时要勤快，乡村故事一般起教化作用。不料让我理解成了懒惰有时也是一种运气。如这口铁锅，因懒惰免于移师他乡，还真是惊险得很。

前两天在淅川访山水，这是诗人周梦蝶之乡，三人蹲在桥头吃地方小吃，上来一盘饹馇，面相焦黄，上面还有星星点点的酸菜。我连着吃了好几块，一桌子咔嚓声碎落。我问如何制作？主人说先用热水烫熟玉米面，再摊开，免得和煎饼混淆。

回去路上有一智者对我说，饹馇就是普通话里的锅巴。

智者说到食物类别了，我坚定地说锅巴是锅巴，饹馇是饹馇，两者细微处大不一样。

关于糊涂面条

一盆“糊涂面条”肯定不是指一盆糊涂账。

当了一辈子小镇会计的父亲一向反对糊涂账。

糊涂面条基本原料有花生籽、黄豆、红薯梗、萝卜干、萝卜缨、干豆角、细粉、绿豆面条（最好手工擀制），因里面加入了玉米粥，故名“糊涂面条”，我妈还称之为“下糁面条”。

如果要在冬天做糊涂面条，那你得提前在夏天准备以上诸类原材料。

雅致的糊涂面条表现在最后的吃法上：煮熟后加入油煎葱花，有的还撒一点芝麻。最后，配上一小碗油炸辣椒。同样使用辣，只能使用一种辣的味道。这道饭拒绝芥末，拒绝胡椒。

和文无定法一样，“饭无定法”。

这道饭你只管随意发挥，乱炖，乱煮，乱配，甚至改变组织结构都说得过去。灶台上没有统一标准，如果锅里出现了近似春秋战国的意外效果，那就算成功了。

糊涂面条一般是河南人才会做，法国厨子肯定不会做。

在中原口语词汇里，“糊涂”是个贬义词，发音读作“糊肚”，好像都糊到腿肚子上了，河南人爱从自嘲里获得片刻安稳。

在乡村饭场上，我姥爷严肃地道出其形成的历史原因，说：河南人苦啊，河南人一辈子多糊涂，都没好好上过桌、吃过席。

滚蛋汤·隐喻

一席的菜，如果数量上到十之七八了，按乡风而论，客人这时该要谢绝上菜，以示谦和礼貌。

乡村厨师以盘子扫光为荣，净底说明技高。

那时刻，帘子一闪腰，就掀开来，主人家会端上来一碗丸子汤或鸡蛋汤，汤的特点是辣、咸、酸，除了能喝之外，这是一种乡村隐喻，说明菜已经上完了。

丸子汤说明宴席要结束了，鸡蛋汤私下又叫滚蛋汤、没趣汤。“没”在北中原语系里读作“mu”。

知道这汤道理的客人暗自明白，不能自讨没趣了，便不再吃喝，欠身，只象征性地舀一下汤，盘算着如何走人，他们明白客走主人安的道理。

这是对那些明白的客人而言的，对饕餮食客多不管用。

有时主人家也发愁，亲戚里面，总有两三个能“坐折板凳腿”的客人。暮色向晚，他们剔着牙，这时，才开始打算要“喷空”。

有芋有
魚有
餘也
丙申夏於
中原馮傑

喷空是北中原的传统文艺交流方式，里面有世界观。

此时主人家又不能怯场。一般我二大爷会先提个引子，他说，大家先从文天祥那一句诗开始，“卷帘云满座”，另一边马上有食客喝彩。

掌灯时分慢慢来临，还得备一桌文化晚饭。

“茴香包”要放在米袋子里

当年爱谈理想。

且说20岁那年的理想，那理想如下：

30岁前必须当上国家主席（副主席亦不嫌弃，且凑合来干）；到35岁，尚无望，又立志，必须发展经济；40岁要成为亿万富翁，到45岁无望，总结经验，决定老老实实写文字；准备50岁时获诺贝尔奖。别人看后鼓励说，要是摇奖，也许这辈子你还有希望。我今年49，不到50，号称如日中天，号称龙马精神。再想想，已决定什么不再想了。

现在只想劈柴担水，点火造饭，过平常日子，陶罐植菜，莳花刹那，白米不生虫是最好的状态。秘诀是缝一个小小的“茴香包”放到米袋子里，大米可以不焦躁，能度过一个平静的夏天。

有人让我题字，我作哲理状，多题：管好当下，不语未来。

今年增一新印，文曰：白米芥菜居。边款云：有白米可，有芥菜可；有白米芥菜更可。评论家问我出处，我伪托苏东坡《后赤壁赋》语。

山东的孔子也曰：五十知天命。我现在的天命是关注门口白菜价格的升降；上楼时膝盖不痛；着色时宣纸不会在风中咳嗽，宣纸保持洁白。

哪是知天命？分明是“天命知人”。

这都是最早的“修身齐家平天下”理论把我害的。

我坦诚公布，把以上状态一一表白，我二大爷笑了：这是读书人的堕落。你还不如豫西孟津的贰臣王铎，他顶着压力闷头写字，看看他的涨墨，那是在出气啊。

喝生鸡蛋的姿势

天下好蛋者，非煮不可成熟。

我原以为鸡蛋只煮而不能喝的。

村里有一个日常单方：喝生鸡蛋可以清心败火，能让人心静如蛋清，而不是焦躁如蛋黄。

我有一次害红眼病，姥姥让我用一枚老母鸡刚下的鸡蛋，放在眼上滚来滚去，交代说滚几趟就会好。那一颗刚下的鸡蛋带着余温和鸡屎味，我开始巡礼般滚来滚去，有一种趁热打铁的意味。

我小时候认为小孩子害眼全是因为吃红萝卜过多，实例是兔子经常红眼，狼眼发绿是因为不吃红萝卜。

滚鸡蛋疗效不佳，再发展下去该是喝鸡蛋了。

孟岗集会上陆续出场许多人物。田瘸子是其中一位菜贩子，他腿瘸，拉的那一辆菜车也模仿主人，车轮一颠一颠，走在路上，一车菜走得都斜。

车上有菠菜、白菜、辣椒、萝卜，均为四季时令菜蔬。田瘸子和其他卖菜者并无多大区别，明显的区别是眼红而不是菜绿。他经常害眼，整日双眼红彤彤的，像兔子眼，像猴屁股。我二大娘开玩笑说他眼睛是“驴屄打豁”，打豁就是指闪电和快速。好在田瘸子掌握一个治害眼的单方——早上喝一颗生鸡蛋。

田瘸子摊位多年固定，来到集上，先不急着摆菜，他不慌不忙，说：“记到我账上，再赊一个。”只见他从邻摊老吴媳妇的鸡蛋筐里挑出一个大鸡蛋，手指一捻，在车把上轻轻一磕，用指甲破开一条缝，再把蛋缝用小拇指一挑，开一方小窟窿。一仰脖，哧溜一声，连黄带清滑下了喉咙。

他说害眼明显见轻，这才执秤。

我也算见贤思齐，好奇得很，想效仿试试，开始饮蛋，喉咙里似灌注一股生清之气，赶紧咽下，像吃毛蛋。

有一天田瘸子死了，跌足池塘。

鸡蛋倒是赊着，老吴媳妇一五一十地数来，一年下来喝了好几大筐。她叹息说，田瘸子那双眼睛还是红彤彤的，到死那双眼睛都是红的。

喝羊杂汤的姿势

夏天避暑，大清早起来，在呼和浩特街上行走，一行人像羊群浩浩荡荡。当地一友人要领我们去找一家地道的老店喝羊杂碎汤，他像头羊。

迈腿进店门，被一种不可忍受的气息笼罩逼迫，几乎要把人轰赶出来，瓦斯弹、芥子弹也无非如此吧。我急忙闭住呼吸，“忍气吞声”。内蒙古的“头羊”朋友说，不吃羊肉的人或初次来吃的人闻着味儿会进不去门的。

我是进去了。

内蒙古的羊杂汤和别处不同，河南的羊杂汤汤多肉少，以汤为主；内蒙古的羊杂碎汤则是满满一碗羊杂碎，不是喝羊杂汤，是吃羊杂碎。杂碎包括羊肚、羊肝、羊肺、羊心、羊肠、羊头、羊眼。

想起来我们村里骂人爱说李书记是“杂碎”。

北中原有一种一贯坚持下来的“汤的礼仪”：在乡村集会上喝

羊杂汤，只要碗底尚有一丝肉，就可以大张旗鼓地伸碗免费续汤，但在内蒙古不行。

我抬头看到一块涂改后的招牌，上书：

纯羊杂　带一个焙子　16 元一碗

纯羊肚　带一个焙子　18 元一碗

我环顾四周，挂满一屋汤声。喝羊杂汤的多是青壮大汉、中老年人，没有一位二八美女佳人。一边一位老者叹道说，羊杂汤过去一块钱一碗，不知他说的是猴年马月的哪一碗羊杂碎汤？

我是第一次吃到“焙子”。在呼和浩特街头喝羊杂汤时店方送的一个烧饼，叫焙子，只有内蒙古有这种焙子，其他地方我还没有见过，我一见钟情。我们的被子是盖的，他们的焙子是吃的。

到了河南，我身上还有一种成吉思汗的膻气，如携带着一个草原。

附记：

焙子在内蒙古有多种：白焙子、糖焙子、咸焙子、油焙子、咸三角等，其中白焙子最有特色。卖焙子的作坊称作焙子铺，加工焙子的师傅称为“打焙子的”。烙焙子讲究三净：和面的手净、面盆净、面案净。

我站在一边看了好长一阵。

那师傅头戴白帽，一会儿揉一会儿擀，一会转身将半熟的焙子挪锅换位，有和面时的拍打声、擀杖的击案声。

师傅问我：听你口音像河南人啊?

你也是河南人?咋在这里?

我听到师傅长叹一口气，说：我是长垣人。

和芋头有仇者

世间有一种爱称，是正话反说。当年女友跟我说“你真坏”，我就不能当真。后来跟我说“你好啊”，于是，黯然伤神。

宋代那一年美食家开始讲菜，在《山家清供》里也正话反说，才有“仇芋”一语。那人特别喜欢吃芋头，和芋头“结下梁子”。

《酥黄独》一文里：

雪夜，芋正熟，有仇芋者曰：“从简，载酒来叩门。”就供之，

乃曰：“煮芋有数法，独酥黄独世罕得之。”

这个仇芋者有趣，开始在雪夜里教友人这道美味的做法。窗外，子夜无语，雪落无声，无声就是一种声。

文字写到此时，偏不交代“酥黄独”的做法。想是它再怎么折腾也终是一块烫手的芋头，但是一样的芋头，对象不同了。想当年和我同食者就一人。

这情景真让我唏嘘，怀念，伤感。

齁咸，齁咸

盐呀，盐呀，给我一把盐呀！
天使们嬉笑着把雪摇给她。

——痖弦《盐》

村里把“齁”字读法加上儿化音。齁咸，齁咸，是说食物咸得出格了，超乎味蕾的想象了。

乡村饮食史上，咸是一种生活的策略。咸可以解馋，可以度日，减少吃食，以喝水代替。账怕细算，日子一长，就属于节省粮食的一种方法。

现在流行养生经，一日三餐主张清淡少食盐，这不是生活缺失，恰是深谙养生的一种健康习惯。

村里饭店有一道汤叫作“三狠汤”，听名字有点危言耸听，在村里大家都习以为常。你道是哪三狠？烧水一锅，把盏上来，猛放辣椒，猛放咸盐，猛放酸醋，故曰三狠。

评判灶头技艺高低，我们常把手艺不佳的厨子称作“他就会做三狠汤”，隐喻厨艺的不精湛。我有时也会做一道此汤，我周围游走着许多三狠汤的制造者。

三狠汤一碗下去，喝得通身冒汗，立马不冷了，冬天可节省一件棉袄。

在北中原，农忙过后，田园将芜，年轻人外出打工，留守者冬天漫长无事。留香寨村中人多抄手话闲，习俗接近古风。

我二大爷说过：不要小看晒暖，这暖可不是随便晒的，听过去你姥爷说过，这现象古书上专业词叫“负暄”。

我二大爷负暄时说过一段骇世见解：如果按照一家一棉袄来说，一个村里一百户来喝三狠汤，就可以节约一百件棉袄，省大笔物资，如果全国的农民冬天都喝三狠汤，那账就不敢细算了。

马三强在自家的面馆里始终保持清醒，他对我说过：这三狠汤实际是当年出于无奈凑合出的一道误菜。将错就错，成了一道误汤。

航空勺子和荷花

我来自厨师之乡，因为有了这个前提才有挑剔的资本，故我一直敬佩中国航空公司的俎上功夫，他们竟能把飞机餐做得几十年如一日地难吃。难得这种执着的高空精神，好像烤煮左右机翼要和全世界的猪槽叫板，况且猪食早已与时俱进。

听到我这坏话，一个和航空有亲戚的人马上噎我一句：有本事你自己开飞机，想吃啥做啥。

我张口结舌，不过也有意外之趣，一个人要会倒掉时间沙漏。就餐后，我常常留下来那一柄小塑料勺子。那小勺子长柄，透明，蓝色，一定不是厨师设计的。

我一向喜欢小的器皿。一个器物经过无数道工序来到世上，它们带着自己的温度，必须要让人使用一次的，不然就辜负了器皿的价值和思想，上至拖拉机下至挖耳勺。

邻座一位姑娘奇怪地看着我把小勺子装在兜里，她不会知道我的道场。

我把航空餐饮使用的小勺子带回去，用于画案浇水，用来调和颜色，不多不少，那一小勺水正好画一朵荷花，舀一朵水就是舀一池荷花。

笔下的荷花有了高度，海拔一万米之上的枝梗上带着的荷花，可以在另一个不怕越境的天空飞行。

花生不会再见

在村里，一直保持着一种风俗。

那一年我要结婚了，结婚前几天，姥姥和母亲请了四个女人做几条被子，条件必须是针线好，儿女双全。做活时刻，她们要在被角里悄悄缝进去两颗枣子、两颗花生。

这些举动是一种乡村隐喻。

我家把花生叫“落生”。花生是低调之果，看它面色平静，却在大地下面努力，不喜欢张扬，不像村支书挥舞着喇叭一年四季吆五喝六。

姥爷讲过一个笑话，说道口镇上有一家人在南方有亲戚，那些南方亲戚没见过北方花生，还以为是在树上长的，像枇杷，一树花生果。

事后我相信会有那么一天，花生树，我一向富于幻想。

村里点播花生多拌上有毒的农药，防虫蛀，提高发芽率。北中原有一种红果花生，叫油果花生，壳厚，果大，附近那几个邻村如张堤、河门头村都种，花生地收获后，我带着小抓钩，抳着篮子，牵着姥姥的衣襟在秋风里行走，大风迷了眼睛，捡拾那些遗落在地里的花生颗，有的花生果在地下发芽了，刨出来也舍不得漏掉，捡回家炒着吃。

在我家那一面花生秧垛前，姥姥说：饱花生果要打油，秕的花生果才好吃。

花生秧垛弥漫清气，这话像是昨天说过。

丙申谷雨前，有一天我坐山航飞机自贵阳返回郑州，中午的十二点钟声在海拔一万米高空上早已化解，班机没有不晚点的。空姐终于来送午餐，却只送来一袋有二十多粒的花生米和她露出七颗牙齿的标准微笑。

透过小袋子我看到山航老总的精打细算，蚊腿剔肉，可积少成多。袋上商标是山东莒县所产，莒县是齐鲁大地的古莒国，刘勰在那里凿过一条《文心雕龙》，那年代刘勰没有口福吃花生。

这是有海拔的花生。此刻莒县的花生好吃的是去皮后的一种清炒。我本意是在机上吃一顿免费午餐，愿望落空后我对空姐说：你能给我再上一袋吗？

她说："等等，我看看有没有多余的。"

窗外浮云如棉，花生金色的小黄花一朵朵在记忆里开放，花开花落，那羞涩的触角插入地下，触及泥土和露水，慢慢膨胀，开始生长果实。

等我下机在郑州一家简陋的饭店端上一大碗羊肉烩面时，芫荽浮现，我期待中的那一袋莒县花生米依然没有见到。

我实在想多了，人生如浮萍不如花生，这么多年里，无数次在车站前，机舱口，站台上，晚风里，我们都说过那一句“再见”。

所谓“再见”之意，说时竟没来得及细想，以为还会见。多年过后两人才恍然，它是当下作别后，再生再世，永不相见。

就——北中原乡村食词解释

在村里吃饭时，如有一种或几种菜用于佐食，食语上叫“就”。大家多称为“就菜”“就饭”“就吃”。

吃饭一时没有佐食相辅“就”的，这种状态只能叫“干喝”。大家心里都明白，一年四季，村里干喝的日子更多些。

即使有东西来“就”，无非也是些简单的咸萝卜疙瘩、咸芥菜疙瘩、咸菜帮、青菜之类。村里哪家有油香自窗口飘起，哪怕细细如线，也会穿越每一个人的鼻息，触动味蕾。

那些年，谁家做好吃的都要在饭场展示一番，近似一种“炫食”。

孙德宽家两个儿子都到了娶媳妇的年龄，孙家对外想营造一个家庭充裕的印象。他家住在村东，这一天终于吃肉了，唯恐全村不知，端一碗捞面，故意把食程延长，他要走到村西饭场上。

这有点超越常规，因为村里平时有东西两个饭场。

他把一片肥肉放在碗的最上面，那一片仅有的肉片煮得酥烂，颤颤得，一走一动，像风吹一片叶子。他走一路用筷子拨拉一路，就是不吃。引得一路人惊叹：看，德宽吃饭就肉。

那一天，我也看到了，我家只有捞面，没有就肉，碗底略有逊色。“德宽舅，吃捞面就肉啦？”街上顿时空旷。

也许这才是孙德宽想要达到的效果。

我听他用谦虚的口气对大家解释：“哎，天天就肉，天天就肉。”随话头又用筷子拨拉一下。

附记：

“叨菜”——北中原另类饮食词语注释

日常生活里，举筷子，夹菜，入口，这一过程叫“叨菜”。

如果不在饭桌上说“叨菜”，就超出“叨菜”的本身内容。

在北中原话里，“叨菜”更多时候是不作动词使用，作名词，是指谋生、谋事、做生意、工作、干事业之意。两人交谈，问“老兄在哪叨菜？”就是问在哪里谋事。

村里还有一个歇后语：小鸡站门槛——里外都叨食儿。

那些天我看美国间谍片看得走火入魔了，觉得这话像说一个双料间谍，谍中谍，套中套。这样“叨菜”一词，不知如何翻译成英语？

集会·专写卖菜一段

临集而居值得我家自豪，买的猪头肉回家尚有余温。

我家门口就是乡村集市。以地理而论，集上东头多卖乡村铁器，不会走动；西头多卖牲口，善于走动；中间一段，以买菜者居多。

我长到近三十岁才见过冰箱，那时家里没有冰箱作储藏器物，现买现吃。泥水横行，乡村集市简直是一个巨大的储菜冰柜：它宽十丈，长半里，菜和人都在里面走动，还有菜叶子上的瓢虫。

我妈说，有虫咬的菜叶子证明没有打农药。

常卖菜的菜贩多是拉一辆架子车，上面满满当当，几乎装着乡村的二十四节气，譬如那一位好喝生鸡蛋的田瘸子，卖了一辈子菜，称得上资深菜贩；一般卖菜者是挑一副扁担，前后系两方柳筐；还有不常卖菜者，家里一时吃不完，临时趁兴来到集上，找一处蹲着，在眼前摆放几捆小葱、芫荽、苔菜，也不吆喝，竟在姜太公钓鱼。我计算过，就是全部卖完也赚不了几个钱。

平时生活里，除了咸菜，炒青菜算是奢侈。

有时家里突然来了客人，皆打秋风者。譬如那一位在乡下收废铜的绰号叫“铜升牛”的表舅，日到中天，每一次都是恰到好处，吃饭前会突然出现，门口便有自行车的一把车铃响。

我母亲便把锅热上了，加一瓢水，急忙出门到集上多买一把青菜。

荆芥帖

至今我一共两次向白山黑水间寄过荆芥，推广中原异味。

第一次是二十世纪结束时，第二次是二十一世纪开始时。

荆芥最早只有中原人吃，属于局部之吃。在外地吃荆芥者也多少和河南人有关联。茫茫人海，十丈之外，你远远闻到身上有荆芥味者，不用问必是河南人。你不必送玫瑰，可送一束荆芥。

在我们村里，说谁吃过“大盘荆芥”，是称赞这个人见过世面，草木助威，近似如今到过中南海南墙。

你是个从前见过大世面的人，文字锦绣，不吃荆芥就显得证据不足，所以你以后要吃荆芥，证明你见过大世面。何以证明？因为吃过河南的荆芥。

啃树皮的姿势不对

“第二天我们在梅根神父陪同下，乘坐一辆军用卡车东行。路旁的树都被剥光了皮，农民将榆树皮晒干磨成面当成粮食。他们也吃树叶、草根、棉籽和芦苇。”这是美国记者白修德的一段文字，发表于 1943 年 3 月 22 日《时代周刊》，里面说的“农民”专指我们北中原的农民。

今年夏天，河南省博物院举办了四十年代两位美国记者的纪实摄影展，和上面一段文字还有关联，主要展示 1942 年左右的河南饥荒，大部分和豫北有关，我前去参观。我看到了先民如何在饥饿里挣扎，里面有一幅照片，一位饥民抱着一棵树，在用嘴啃树皮。

静默之余，我觉得这幅照片值得商榷。这位记者要么是让饥民摆一个姿势作一种象征；要么这位饥民同胞饿得发疯了，失去理智。因为我知道，我们家人也吃过树皮，树皮根本不是这么啃的。这种姿势不对，能把大牙硌掉，还啃不下来树皮。

在北中原，树皮以榆树皮最好吃，其他楝树皮、柳树皮则不能吃，发苦，这也是柳树皮不生虫的原因之一。

我姥爷对我说过榆树皮的吃法，先用锤子锤打，再用镰刀把榆树皮剥下，去掉外面老层，将里面的白层剪成片段，晒干，捣碎，掺到花生皮里或糠里，做成馍，怕松散，就双手捧着来吃。1958 年左右我们村里的人都是这样捧着来吃的。

手如树林般多，即使这样，榆树皮还是有限，最后也有人吃不到榆树皮馍。

半个世纪以后，到 1972 年，我也吃过榆树皮，纯粹是游戏。嚼着，满嘴一种甜甜的味道，很黏，最后剩下一团，我就抹在前面一位同学的凳子上，谁让他曾向老师告密过。

到了 2012 年，我再给孩子们讲啃树皮的事，大家都笑了，一个小外甥说，老舅这是冷幽默啊，俺学校里形容某个女同学长得黑，就是啃树皮。

话说有一天晚上，一个同学和女朋友在学校树林约会，在树边亲嘴，事后回到寝室，班长关心送来几个馒头，说："兄弟，有困难就和我说，刚才下晚自习时看到，你抱着一棵树在啃树皮。"

小外甥说：看，他女朋友长得多黑。

烙饼要用刨花

烙饼的火必须要四平八稳才好控制住，尤其是烙干饼。

我姥姥把家里的火细分，分为“软火”“硬火”两种，非常讲究专业。像杨槐木、松木、梨木、枣木属于硬火；庄稼秆、麻秆等草木类多属于软火，气质平稳。

如果使用大火、急火这些硬火，容易把一张好饼烙糊发黑，有点像局部错误，月亮长痣。

烙饼最好是用麦秸、麻秆，尤其用刨花最好。

别人写文章都是在做经典家具，靓丽，漂亮。我的文字只配是木料上下来的刨花，上面仅有木纹，像水浪，做不成家具，只能点燃来烙饼。

在乡下，女人用刨花泡水可以梳头，有一句话叫“木匠家里无凳坐，卖油娘子水梳头”，这娘子使用的就是刨花。《红楼梦》里王夫人也说过这一句话，但大观园里梳头没有人使用刨花，我们村里的女人都使用刨花。

刨花文字，我会写一生，可我的刨花文字终究是无用的，文字再好，在乡下，无法把一张饼烙熟。

狼的舅舅——关于乡村野味的话题

北中原一年四季有草狐、黄鼬、獾狗之类小兽走动，没有见过狼豹大兽。小时候，狼多吊拴在大人们嘴角，单听村里大人吓唬小孩子说：再喊饥，狼就来啦！孩子就不饥了，此种“乡村疗饥法”在短期内极为有效，不适合长久用。

六年前我在济源太行山里，几个闲人上山勘查乾隆写韩愈《李愿归盘谷序》碑文，暮晚下榻一家野味店，先上了一盆野猪肉炒小米，后上了一盆炖肉，主人先不道明，神秘兮兮。大家便吃了，大快朵颐，我却吃出一股臊气。

主人说是狼肉，吃得我龇牙咧嘴的。二大爷说过吃啥补啥，生怕大家下山会不认得人，看对方眼里都冒出一丝幽幽绿光。

晚上住在山里，石头房里的一位山民告诉我：山里人放羊最怕狼，狼不是吃羊，而是咬死一头，喝几口血，再咬死一头，喝几口血。一夜能咬死十来只，一地白，像是挑衅，故意气人。

今年夏天，我到内蒙古古格根塔拉草原，这草原长得有点秃，远远不是我想象里的风吹草低见牛羊的一方诗意草原。

晚上主人说起狼，一位当地文友为我讲狼的故事。他说狼有“瞋人毛”和“闭音法”。两种特征：狼走近人时，人身上就会有一种预感，浑身紧巴，头皮发紧，头发直竖，毛骨悚然；想喊人来相助，嘴里却发不出声音，喉渴，干着急。这是狼的神秘处。

他还说，狼吃羊，狼吃驴，狼吃骆驼，狼却不吃骡子。我问为啥？他话头一转，说骡子是狼的舅舅。我笑。他反问，你听说世上有狼吃骡子的事吗？

天下竟有这般亲情？

想起有一年东北往事，大家坐在热炕上追忆，一个女孩子对我说：小时候跟着父亲在蓝色的江岸，啥颜色的鸟都吃过，有一种鸟，好看得奇，名字叫“老天爷的小舅子”，你吃过吗？她问。

梨柿的起“烘”

北中原有一个助使青涩水果快速成熟的土方。如果柿子生涩，又想提前来吃，就得去“烘”。我姥姥教我，先把柿子放在篓子里，码整齐后，中间再放进去两个梨子，盖严口，这叫“烘”。

果然，那生柿子两天后就抵挡不住，发软了，三十六计不用，我趁机下口。

一时没有梨子来“烘”，可用苹果代替。面目不同，效果一样。

学术上分析，这是一种植物催化作用。气味弥漫，笼罩四野，天苍苍，野茫茫，有软化相克的功能，生柿子不须上几道刑具，单靠气息就将它们制服了。我姥姥从来不知道四十年后世上会有一种叫反季节的东西。

在秋天，这简直是小节日了，它们是“水果的起烘”。

这一“烘方”我太太至今还在家里使用，她知道我喜软怕硬，单爱吃软柿子。修三峡大坝不算，这才叫人定胜天。

神存富贵始轻黄金
濃盡必枯淡者屢深
霧餘水畔紅杏在林月明
華屋畫橋碧陰金罇酒
滿伴客彈琴
取之自足良彈美襟

楝花鸡、芦花鸡等鸡们——私说鸡事之一

身上必须携带着楝花的细碎图案，这才是做一只楝花鸡的前提，挂项链不算。

今日女士大多不知楝花为何物。

我姥姥还区别另外一种称呼近似的鸡，叫芦花鸡，身上如芦花点点。没有感观的无此感悟，以为见过一支芦花算见过一只芦花鸡了，两种鸡身上携带细碎的花斑。

村里我能记得的就这两种鸡，其他称呼不存在，一如世上从来没有救世主，世上从来没有枣花鸡、葫芦花鸡、葵花鸡、牡丹鸡这些称呼。

我收鸡蛋时会拿起来在眼眶上温暖一阵子，蛋壳上有时布满血丝，我还看到里面的混沌太阳。我姥姥说暖一下刚嬔的鸡蛋能治眼病。

这是鸡事私说，再说则属于传奇了，不妨延伸一下。

北中原滑台当过西兖州州府，当年兖州刺史沛国宋处宗，买过

五德也
鷄有五德人有乎

一只公鸡，用于打鸣提醒。他太喜爱鸡了，整日置于房间，时间一长，这只鸡开始说人话了，且终日不辍，越说越对脾气。以后老宋再外出，讲话时“玄言”大进。玄言是一种魏晋时尚，说的话让人莫名其妙、不知所云方显出水平。

我喜欢朴素，譬如我姥姥说鸡蛋可以暖眼治病。

这事见那册《拾遗记》，被我拾到。玄言开始被他人弯腰拾起，我是原创，他们是模仿。

刘备种菜的意义

话说昔日刘备种菜，种蔓菁，种萝卜，种白菜，种上海青，要不是罗贯中节制，刘玄德几乎要架塑料大棚了。

曹操一直很清醒，一边冷笑，对诸将曰：当心这小子的表演。如此这般，他让张辽前去打探。

曹操一边感叹：玄德哪里是种菜？分明是种火药，种理想，纯粹是浇水养志啊！

赏梅时他又说：玄德，别闲扯，他人都是虚张声势，天下英雄其实就是咱俩，你意见如何？

毛宗岗凑热闹，这样夹批道：邵平种瓜是无聊，玄德种菜是有意。我姥爷说过，邵平是秦故东陵侯，秦亡后为布衣，种瓜长安城东，瓜味甜美，时人谓之“东陵瓜”。他是无奈才种瓜，借瓜遣怀，我姥爷种瓜是为了卖钱。

刘备的衣领子骤然直立，发冷。他一直是清醒的，他后来不再种菜，他担心这样一直伪装下去会让人看穿。

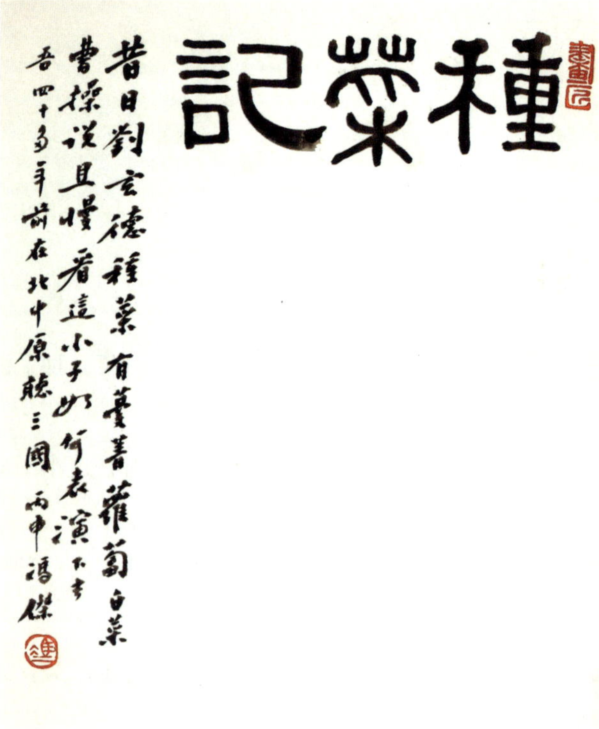
種菜記
昔日劉玄德種菜有蔓菁蘿蔔白菜
曹操説且慢看這小子如何表演
吾四十多年前在北中原聽三國
丙申福傑

假设刘备一直种菜会是如何结果？春韭秋菘，魏蜀吴，大业是否早就统一？

刘备种菜那一年，中原缺水，红薯、花生、土豆、辣椒们那时还没有来到中原大地安家。水利是农业的命脉，曹操的望梅止渴策略也一时用不上，没有水，一切都是闲磨。

河南人许慎《说文解字》里面如是解释：种菜曰圃。属于种菜专用词。

那些年，我姥爷为了生计种菜。在留香寨北地，莳花刹那，我姥爷也有一方菜园。白天，我跟姥爷去菜园；晚上，听他在村里青灯下讲“三国”。马蹄敲打着许昌的那一孔石桥，曹府大军过了两天。

如果一个人的文化常识都是这样得来的，那是一件让人提心吊胆的事，我就不喜欢那些登台给人讲学的学者。

谱三 淡

毛豆腐的虚荣

厨师们嘴大辽阔，吃过东西很多，吃过风声雨声，眼界高。大家吃得嘴刁了，闲时聚在一块，便想琢磨一种新食品，接近乱炖。

这习惯有点像普天下政治家们聚在太平年代，大家都不能寂寞，必须得搞一点斗争论，方显英雄本色，食物也常常如此创新。

豆腐系列里面有一种做法叫毛豆腐，就是那一次出现的新菜。

把一锅水先烧开，将一块豆腐搅碎，成块状，入开水里面煮，三分钟之后，捞出晾凉，再拌入芹菜、豆角、芫荽诸类配菜，加芝麻香油，加佐料，盛在青花瓷盘里，有了另一番朴素风味。

一位表兄为我讲过这一道菜，我听后，忍耐不住出门，拐到杨记豆腐坊称了一块豆腐，拿到厨房说，你当场实验吧。

乡土菜本质上大都入口、入胃、入心、入味蕾，却入不得公开的大席面，都不自信，怕掉份子。这是宴席上虚荣的一种，面子好看，肚子不适。

这道菜再可口，也出不了自家的厨房门。

某年某月某一天

20世纪某一天日记非虚构，这样记载：

我过得是一种世俗生活，只能无可奈何地去喜欢。早上起来先去蒲城小胡同喝一碗胡辣汤，老板说是西华逍遥镇的正宗胡辣汤，里面有黄花菜、细粉、面筋、海带、胡椒，最后我才看到牛肉。步行返回，买杂面窝头三个，又见一乡下村妇在卖栗子，四元一斤，称十元，给两斤半。我一向认为栗子的气息迷人，栗子面镶嵌在指甲盖里，剥栗子让人找到一种安详，使我回忆起风中旧事。在旧书摊上八折购一本《养牛手册》，掏出大钞一张，店主换不开零钱，我又想要，也算急中生智，递与旁边店铺机选彩票两张。走时过药店，没忘记买一瓶"三七化痔丸"，八元五角，中午饮酒配用。

大概"一日就是一生"，而已。

我嚣张之时，一位品味极高、风度优雅的女友调侃我：你是又穷又酸。

我尽管心有自尊，可细细一想，指责到点子上，让人不承认都不行。高人点穴就是这样的，画龙点睛，自信心咔嚓一声全折。

我喜欢非虚构，可是记不清这一天时间，题目只好标上某年某月某日。像邓丽君的那一首歌词的首句—— 一个时代的碎屑，恍惚都是黑蚂蚁、黑芝麻。

马槽里种荆芥

家里有一方闲置的青石马槽，九尺长，两尺宽，一面边沿上凿有四个石孔，用于穿缰绳拴马。世上有拴一匹马的槽，有拴两匹马的槽，这一方马槽能拴四匹马。我推测当年马鼻子温润着青石，能把白霜烤化。

马散去了，马槽闲置，马槽归我，这是必然规律。可是，空的那些最后归谁？

槽拉来前我原想在里面养鱼，买了一群鲫鱼。鱼戏马槽东，鱼戏马槽南，诗意盎然，不料马槽缺氧，最后鱼们一一翻白肚子，鱼戏马槽西了，我才知道马槽不适合养鱼。

马嚼咀鱼鳞，荆芥发汗解热。汗血马不靠吃荆芥表现自己。药书上明示：凡服荆芥风药，忌食鱼。荆芥反鱼。

我不想让马槽闲置，开始填满沙土，撒上荆芥籽。平时不敢多浇水，保持相应湿度，十天后，发出一层绿，长出来满满的一马槽荆芥棵，有的不甘寂寞，还从石孔里透出绿来。

隨園食單補救須知語名手調羹鹹淡
合宜老嫩如式原無須補救不得已為中人說法
則調味者寧淡毋鹹淡可加鹽以救之鹹則不能
使之再淡矣烹魚者寧嫩毋老嫩可以加火候以
補之老則不能強之再嫩矣此中消息於一切下作
料時靜觀火色便可參詳 以上語出袁枚其說食乎
其語文法乎袁子才深得三味也 四味也 五味也 無味也
丁酉初春客於鄭州 余不能烹 徒有慕魚情 鴻傑記

有马的年代，村里人用马槽喂马；无马的年代，我在马槽里栽种荆芥。我相信，马槽里长出的荆芥和菜园里长出的荆芥味道不一样，和现代化农庄里长出的荆芥也不一样，每一面叶子上都沾有马鼻子的呼吸声，垂落的马鬃沉潜在叶子里面，形成纹络。

天下人多以荆芥入药，只有河南人嘴刁，有吃荆芥的习惯。凉调，荆芥拌黄瓜、炒千张。腌制，炸面荆芥。村里马三强家的马家面馆里，有一道荆芥洋葱，竟对外号称“老虎菜”，听名字吓人一跳。马家会吹，虎须上也不怕发汗。

吃荆芥时，不能心急，把面条过水先捞在碗里，浇上卤，最后入黄瓜丝，掐一把荆芥叶子，搅拌在捞面里。

没有荆芥的捞面缺少灵气，就像一个土豪出门却背不出两句唐诗，撒上荆芥，一碗饭顿时有了精神。

苏东坡吃荆芥吗？这是一道难题，我会解。

面筋泡和蒜汁和书法

食界不一定全食荆芥。

昨晚回牧野，和一诗人、一书家、一印人、俩画家诸兄聚餐，大家说吃绿豆面条，主要是绿豆面条解酒。书家老兄先说开店者是自己表妹，我说你表妹焉能普天下？让人羡慕。书家老兄立即打电话嘱咐说：表妹，必须要手擀，要面厚，要切细。

果然是表妹。

上来皆是大碗，大家喝得一丝不剩。这是我们那里厨师都喜欢看的结局。

他们都是风味美食家。表妹出场了三次，最后表妹夫出场了，上了一盆面筋泡汤。面筋做成小丸子，叫面筋泡，炸后烩汤，青花瓷盆里，漂着碎芫荽，面筋泡一一漂浮在汤里，周围衬托几片绿菜叶。

面筋泡汤里必须要加蒜汁？

很少有店家这样做，尚属此次饮食新得。我对书家说，这近似杨维桢的字，不可学，学不好会坏味。

面筋泡汤须趁热来喝，一停就有一股死蒜气。想到我姥爷说过，捣蒜的蒜臼用木质的会有死蒜气，用石质的没有死蒜气，我家的就是在浚县大伾山下买的石蒜臼。

书家让我当场点评杨维桢。

过去我读过杨维桢的诗文，清秀俊逸，别具一格，他长于乐府诗，以史事、神话入题，诡异谲怪，被人讥为“文妖”。我觉得“文妖”好，这才是文坛领袖之风采。

两天后回到听荷草堂案上，再看杨维桢的字里行间，就是嘛，他加了一勺蒜汁。杨维桢没有对人说破，这是他的秘诀，八百年之后才被我偶然比喻到了。

多亏那一碗面筋泡。

那碟子配上鲜荔枝才好看

“那碟子配上鲜荔枝才好看。”此话我是说不出口的，这是《红楼梦》里人物说的雅语，透出一种生活的讲究。我喜欢晴雯胜过林黛玉，我们世俗人家什么粗瓷都可以凑合。

我最早知道荔枝源自杜牧，杜牧源自杨贵妃，杨贵妃源自驿马的速度，那荔枝碰到杨贵妃算是见到了知音。

荔枝性热，多食易上火，引起“荔枝病”。

胡半仙医生告诉我：荔枝病是指一些人进食大量鲜荔枝后，出现头晕、出汗、面色苍白、乏力、心慌、口渴、饥饿感等症状，重者四肢厥冷、脉搏细数、血压下降，甚至抽搐昏迷。我请他核实一下，这哪像说吃荔枝，分明是发“羊角风”。

他也是道听途说。

苏轼有诗句“日啖荔枝三百颗，不辞长作岭南人”，苏轼都不怕上火，他竟没有写荔枝配绿豆汤同吃，绿豆汤配荔枝最科学。气质上一升一降，持平。

我能吃到荔枝是后来的事了，在北中原乡村，十年前吃荔枝是一种几近奢侈的行为。

吐出来相互比较的话，荔枝核、枇杷核和龙眼核有点近似，三十岁以前我分辨不出来。

有时，我连那些没用的东西都舍不得扔掉，和一个人说过的话，抒过的情，都想把它们穿成念珠，挂在墙上，看着它们，和它们再说一次。

牛屯火烧正传

诗有别才，非关理也。我少年时代，在方圆十里颇有诗名，一天黄昏，二姥爷远行赶集回来给我捎来两个牛屯大肉火烧，同时还捎来当地一文人牛天风的诗，捎话说让“斧正”。二姥爷说：“我不懂诗，知道人家这是谦和，实际是展示。你先看看，以后大家隔阂（相处）得好的话，还会有火烧吃。”

我就看那诗，诗曰：

面团半斤重，旋圈十八层；
内填猪油馅，外涂豆油烘；
炉内翻八遍，两油相交融；
黄焦且酥脆，佳味馈亲朋。

我说，二姥爷你弄错了，这是记录打火烧的方法，不能算是诗。我二姥爷非说是诗：这我还能分不出来？我就对我二姥爷说：

你要不说是牛屯人写的诗，我还以为是洛阳的白居易。二姥爷不知道我使用反讽手法，我那时会耍小聪明。

即使是诗，我觉得这诗一般，牛屯火烧比牛屯的火烧诗更好。以后，我看过很多官员写的“火烧诗”。

二十多年后，在2014年北中原的秋天，我到滑州参加“欧阳修杯文学笔会”，见到了牛屯火烧的真面目。它的特点是个头大，味道独特，制作考究。我站在一方火烧炉前看那两口子配合打火烧。女人说，先是温水和面，拉成长条，涂抹鲜猪油块、花椒面、茴香面、葱花和碎盐，卷十八层成圆形面团，在油鏊上煎硬后，再投入炉膛壁上烘烤，翻转十八遍，遍遍都涂豆油或大油，使内填的猪油块熔化外浸，外涂的食用油内浸，烤熟后的大火烧，黄焦酥脆，味道鲜美，香而不腻，用手掌一拍即成碎片。

那看看是不是十八旋？她举给我看。因为太突然，我也数不清。恍惚觉得她是对少年时代那一首诗的注释。

那一天，我还到牛屯乡南面的暴庄拜谒民国著名廉吏暴方子的纪念馆。六年前我写过一篇注释《暴方子送米图》的散文《鹅毛大片》。再回到牛屯时，刮起一地黄风，那位陪同的副乡长临别赠送我们26个刚出炉的热火烧，我敬佩他的廉洁，说：乡长是古风，古代人分别赠柳，今人作别你都赠火烧。

乡长说：别小看，这是咱县的非物质文化遗产，请大作家们回去后多给宣传宣传。

那一条长济高速就横在前面。在北中原的风中，我咬一口火烧后大失所望，咋不是我小时候吃的味？记得我那位堂兄还在梆子戏里唱过牛屯火烧，那一段戏文确实是好。

附记：

看牛天风如何打火烧

牛屯制作大火烧有一种不约而同的传承，宁缺毋滥，宁肯少打几个，少挣几毛钱，也不粗制滥造。

牛天风他爷是第八代火烧传人，在集上，买他火烧的人特别多，排着长队，大家都想赶紧拿到手，入口，下肚，催得牛师傅有点烦。他又不愿偷工减料糊弄大家，忽然起身，端起一和面盆水，呼的一声，把水浇到炉上，浇灭了火烧炉，赌气说："今天爷不打了，你们爱买谁的就去买谁的。"

这是火烧之外的绝技之一。

那年，牛屯有40家火烧炉，且炉火正旺，一字排开，像后来的大炼钢铁运动。

炻啦——一个小食词

食物烤焦、烧黑，在村里的饮食专业术语叫“炻啦”。

那些年，从南面长垣县来村里一个卖铁锅者，自行车两边带一摞铁锅一路叫卖，他在表白铁锅的好处时，会说这铁锅炸油馍“炸不炻”。

照现代医学养生观点论，烧焦的食物不能吃，就是说“炻”有致癌物质。

我姥爷讲村里一个饮食逸事，说当年赵刺猬他爹不识字，有一次进道口镇，看到一群人都在围着，看墙上一张枪毙滑州“反革命分子”的告示，斗人的年代，那一群人像好事的乌鸦。他爹做风雅状，也背着手在告示前看，有一个不识字的人好奇，问他上面的黑字是啥？赵刺猬他爹沉思半晌，说，那上面是“炻啦”。

他爹回头看，问话的是一个长着一脸络腮胡子像一丛风中荒草的人。

后来赵刺猬出生了，成了滑州一员造反派的干将，在全县“破旧立新”，他爹的故事成为乡村酒桌上讨伐赵刺猬时的典故。

有一次，我在家里炸油馍，用火一时太大，没有掌握好灶台的节奏，把一锅油馍都炸炬了，认为不能吃了，要扔掉。那些炸炬的油馍上面焦红，下面焦黑，一一缩在面盆子里，显得很委屈。

三天后的一个晚上，回家一看，盆里竟一个黑油馍也没有了。一问，是我姥爷觉得可惜，得费多少工夫啊，他舍不得扔，把那些炸炬的油馍都吃掉了。

披虎皮的辣椒

看一本翻译过来的书，里面冒出来一句“披虎皮的辣椒”，以为神妙，可是形容辣到极致状乎？不解。我对高妙的语言一向好奇敬佩，后来求知，问一方家，知道是翻译误解，竟是饭店里常吃的那一道“虎皮尖椒”。

一种炒菜变成是“故意的译”，译者肯定是一位现代诗人，像庞德那样的偏才，妙手可得，俗手难为。

有一年旅次，在成都杜甫草堂旁边点这一道乡土川菜。看小厨手在灶台上红光满面，掺和着四川话尽兴表演。白盘子端上来时，我抬头看到草堂红墙里的一排排大竹叶子摇晃，恍惚像挂满的一颗颗青椒。小厨手炫耀说，唐朝就有这道菜。

杜甫吃过辣椒吗？

我静静想想，没有。那个年代辣椒还没有传到中国，我的这位穷老乡没有这一口福。我职业毛病又兴起，想想，没告诉小厨手这一常识，看他那样子，生怕打扰了他一时兴致顿然加价，让他一直

果然是辣
丙申秋雨後於聽荷
草堂記事 馮傑

错下去吧，他只需要技巧不需要知识。

交流灶头体会时，他告诉我这个菜必须要略炒煳一点，青椒皮上要有点点微斑，像黑芝麻粒，方见水平。关键是掌握油的火候，外脆内软，太好吃了，咳嗽者也可以食用，这叫砒霜治病，吃死不负责任。

这时刻，我才跟他说：杜甫根本没有吃过。

太突然，他竟然没有明白过来咋回事。

猛虎嗅蔷薇，需要内心温柔。披虎皮的辣椒，外强中干，两者都有异曲同工之妙。

小厨手慧根不茂，白白虚度了傍在杜甫草堂的好时光，看来他只配给唐太宗炒虎皮青椒吃。把历史炒煳、炒乱，像这个乱象之世，点点微斑，到处都是放大炮、拍砖头的“国学大师”，我周围皆是。

评论油馔

集会上，有一种小吃，人们发音读作“油蒜儿”。我后来一查，专业应该叫油馔。

油馔这种小吃在卖相上，看起来像陕西的羊肉炕馍，一下嘴，方知道里面是大肉，属于一种地道的河南面食。油馔秉承了豫菜里的“面的精神”。

县城里一共有两家“打油馔”的，东街一家，西街一家，都属于“杜府油馔”，对外号称百年。油馔选料讲究、做工精细，吃进口中的油馔要经过几道制作工序。

精选五分瘦、五分肥的猪后腿肉，加入新鲜大葱剁成肉粒，放盐调和。用面将肉胚包裹，制成饼胚，放案头铁板石子上连煎带熥，把饼胚煎熥至半熟，开一小口，灌入鸡蛋，再反复煎烤，一手还要不断刷油，一个油馔成熟的过程大约 20 分钟。

油馔特色是色泽金黄、外焦里嫩，下嘴哧哈一声，感觉鲜香扑鼻。

有一天我去西关买油馔，看到招牌上多了“油馔大师”四个字，看路边贴手机屏的摊子边也有招牌——“贴膜大师”，觉得“大师”这个称呼可爱极了，若昔日村里人称呼“老身儿”，是对手艺人的尊称。

我小外甥女对我说，匡城在外地的好食者造出来一个美食口号“不到长城非好汉，到了匡城不吃油馔真遗憾”，这口号一点也不押韵，啰唆，外地的同学都让我邮寄油馔儿。

我问：这口号好听不？

她说：不精练，不顺口，没有你写得好。

我一得意，就多给外甥女加了一个油馔。

油馔因为有了一道食名，有人走亲访友时要捎到百里外的郑州、新乡、安阳，许多人吃后表示失望：奇怪呀！咋和小时候吃的味道不一样？

我的看法是：美食的口感多取决于时间。它的秘诀是要趁热吃，站到店铺前顶着霜吃最好。凉了，就一如前朝旧事，都是旧臣，会有一种烟熏火燎的味道，吃食不像读史。

在其他地方我还真没有吃到过这种油馔。

我们村里人一直坚持一种自己的饮食视野和标准，认为只有吃过油馔才算大开眼界、见过世面。这观点夜郎自大，如荆芥定律，和我三年前写过的吃大盘荆芥有点近似。

平底铛之忆

器物背着铁青色身子，它一直贴在梦中的一面砖墙上，它不转脸，如若转脸真怕它泪流满面。

它是家里炸油馍的小铁锅，叫平底铛，“铛”不读“档”，读“chēng”，属于日常口语。我姥姥生前的每一个口语在她去世二十年之后我都能一一找到相应的汉字。她不识字，却读得那么准确。

我姥姥说，早先有一面平底铛，是“大伙食堂”那年她悄悄留下来的，藏在床下，我妈那时是个孩子，每当她喊饿的时候，姥姥就取出来，悄悄煮些稀面汤喂我妈。

乡村的平底铛都是用生铁铸造，来自道口，来自长垣。这一面平底铛是我姥爷当年在集市上的铁器铺买来的，家里过日子，一般不炸油馍，平时它就贴在墙上，仿佛在听人说话。该用它了才取下来，一院子油香，飘到胡同。

平底铛功能稳定，炸出来的油馍成色均匀焦黄，摆在盘子里个个整整齐齐。如来客人，也给主人长面子。

我家里有三种锅，其他两种是蒸馍锅、炒菜锅，那一方尖底的炒菜锅炸油馍略显逊色，锅底深浅不一，油的温度掌握不准，容易炸炬。

有一次，我失手了，让艰难爬出锅的油馍个个面目焦黑，像黑旋风出窖。

专锅专用，是灶头的食物品相好的缘故之一。每次使完，姥姥要等平底锅自己晾凉，端在油罐口上把残油控干净，再挂到墙上。

有一次做梦，墙上像一面铁斗笠，挂满风雨，和我开头写到的那个意象一样。

附记：

《酉阳杂俎》里的一面铛，这面铛有腿，可立。

贞元初，郑州百姓王幹有胆勇，夏中作田，忽暴雨雷，因入蚕室中避雨。有顷雷电入室中，黑气陡暗。幹遂掩户，把锄乱击。声渐小，云气亦敛，幹大呼，击之不已。气复如半床，已至如盘，豁然坠地，变成熨斗、折刀、小折脚铛焉。

这是河南先人灵魂集体闹事，开始介入日常生活的一次梦想尝试，里面掺和着“铛变”，近似党变。

桥

不是过河拆桥的那一座桥，“桥”是对茄子的称呼。

北中原把茄子叫作“桥”，吃茄子就叫“吃桥”。不怕桥梁横竖扎嘴，引申起来你又不能反过来使用，去称呼“武汉长江大茄子”。

茄子是我家里的主要菜蔬，我姥姥茄子蒂都舍不得扔，耐心做成菜，简朴得令人感动。小时候乡村分菜时，形式上一如古风。偌大打麦场上，排满生产队里二十来户人家的蔬菜，大堆、中堆、小堆，里面有黄瓜、菜瓜、冬瓜、萝卜、小的辣椒，有茄子，也就是“桥”。

古朴的是，菜堆上放一爿竹牌子，另一竹爿上系着一条细绳子在我家墙上挂着，我需要带去和菜堆上的一对，正好合缝，上面是我姥爷的名字“孙举善”，那就是我们自己家的一堆。我姥爷家人口少，分的菜堆显得要小。

每次带竹爿取菜的事情由我来做，我在乡村黄昏里穿梭，像小妖一样带着腰牌出场。

麦场上，那些茄子等着我来，白的茄子，紫的茄子，绿的茄子，青的茄子，它们统统都叫“桥”。

菜蔬里，要炒着吃的话，茄子是最费油的一种菜，我姥姥说茄子“喝油”，舍不得炒，家里多是把茄子切片蒸熟，抹上蒜泥来清吃。

我喜欢秋天收藏菜籽，在春天下种。中国历代大收藏家没有这个爱好，我的中原老乡张伯驹只收藏《展子虔游春图》。

2009 年晚秋我首次到台湾，在台北街头看到一家卖蔬菜种子的小店，知道台湾出售西瓜是论颗卖的。一时兴起，挑选了几小袋子蔬菜种子，我要带回北中原种下。其中最器重的一袋种子叫芝麻茄，芝麻茄细细的，长长的。

古代多种蔬菜能在历史上交流蔓延，多亏有像我这类的闲淡人。譬如丝绸之路上的某一位胡商，某一位落魄的诗人，某一位扭细腰的胡姬。

第二年，播种时节来临，谷雨前后，我还分成几包送给乡下三家亲戚试种。我院里的“台湾芝麻茄”发芽了，茄棵上长出叶子，却迟迟不开花结茄。问那两家乡下亲戚，也没结茄子，由蓝到红，是水土不服吗?

我可是跨过整整一条海峡带回来的，这一失败的结果让我遗憾不已。

“肉丝带底”的另一种版本
——村里最好的下酒凉菜之一

村里许多人都会做这道菜，原料简易，便于操作，上桌后客人不失叫好，菜名叫“肉丝带底”。

在郑州、开封的豫菜大师们都不好意思把这道菜作自己的代表菜，因为大部分人都会做。

在四川工作大半辈子的表舅当年来看我妈，我推荐此菜，食单一展，我说，先点一道肉丝带底，莫名其妙的名字让表舅好奇。

食后果然达到一定效果，表舅走后，对其念念不忘，问：“这名字咋起的？”

先把加工好的粉皮丝提前切好摊在盘底，肉丝以猪后腿肉最佳，配料选嫩芹菜或蒜薹，切成相适寸段，淘净后备用。炒时把肉丝和芹菜直接入锅，热油煸炒，熟透后加入酱油、食盐，搅拌均匀，盛盘。

浇上香醋、芝麻油、芥末汁，上面是热肉丝，下面是凉粉皮，吃时用筷子调拌均匀，特点是热冷相融，联袂出场。口感上五味俱全，酸辣利口，大有冰火两重天之感。

马三强对我说：垫底的粉皮要选绿豆粉皮，煮后切丝不乱，玉米粉皮口感会打折扣。

马三强对我说这点才是关键，芥末提味，芥末要焖好的芥末，芥末的介入把这道菜上升到高处。

我对他说，还有一个你没说透：吃这道菜必须连打喷嚏，打喷嚏时，鼻涕和粉皮相融一体，柔指相绕，全身通透，这道菜才算达到最佳之境。

有一年道口镇的一位收藏家来买我一幅书法斗方，我说抄白居易《长恨歌》吧，适合抒情。

他慧眼识珠，鼓励我："你给我抄肉丝带底菜单，附上操作方法，会和张大千的食单一样值钱的。"

我模仿倪元璐手笔，下笔入墨，果然没有肉丝带底那道菜好操作，因为墨里根本无法加入芥末。

如此之称——包餢

“餢”从字义上讲是麦粥之意，“既能置鲁酒，又复饷楚餢”，这一句显得文绉绉的。

这是只有在北中原才有的一种面食，我们发音就叫“包餢”，浊音。对一些土语我无法恰当照应。衡量后，我决定使用此字——餢。

我母亲把用白面包的叫包子，里面必须是肉馅；外面用白面皮，里面是豆腐馅的叫素包子；最次的那一种叫餢，用杂面包皮，操作过程叫包餢，包时用双手捧着，耐心撮合，小心翼翼，像捧着一位老佛爷。

餢的内容多属杂乱无章，馅是煮熟晾干的白菜叶、粉条、白萝卜丝、红萝卜丝等其他时令干菜，条件好的人家会加上脂油渣，外面的杂面皮是高粱面、玉米面、豆面掺和。

餢蒸熟后，起锅时有点高难度，不是灶台高手往往会功亏一篑。

吃包子是改善生活的一种真实表现。

父亲对我说过一则包子遗事，和上篇二大爷说得神似：都说某某店家的包子馅少，吃不到馅，有一天，一个人说他终于吃到了，吃到一张纸条，展开一看，上写一行毛笔小楷——“离馅还有十里”。

那时，我手中的馅正是干菜，黄昏灯光温馨。这包子的故事真是好笑极了，有我父亲的暗幽默。

那时，他正教我写字。后来一细想，我爸是否是为了想让我把毛笔字写好？

“人肉”和标语有关

刘九州从羊群里化妆走出，赴京告状失败回来，他迷路了。路过郑州时，顺便捎带来一套能赚钱的手艺活，就是造“人造肉。”

从这一年春天开始，在北中原饭桌上，杂乱的食谱里出现了一种新菜——“人造肉”。技术来源于郑州某个食品作坊出奇的加工改造，那些作坊人生怕无根源出处，为增加含金量，就貌似谦虚地说，“人造肉”实际上是来自外国。我问是哪国，他们想想，回答是美国。

“人造肉”实际上是一种豆制品，材质为大豆蛋白质品，近似卫辉县制作的豆筋、封丘县制作的豆皮。

大家把外国的理论掺和到豆制品里了，会出现一种质变。

他们往往在夜间再继续加工改进，附近村里的小作坊会做“人造肉”的很多，赵庄、河门头村、郭固村、道口镇，甚至濮阳、安阳、新乡，但是，“人造肉”最多的还是高平村的刘九州。

集市上菜贩子除了出售白菜、菠菜、芹菜，最多售的菜蔬就是“人造肉”，我姥爷也喜欢买“人造肉”。每次赶集总要买回一捆，主要是价格便宜。

“人造肉”吃法简单：焯水凉调，或配芹菜、白菜爆炒，最适合熬杂菜，佐以萝卜、粉条。一个乡村办红白事时候，多使用它，人造肉还有一个特点是耐嚼，煮不熟近似金腰带。我二大娘的评论是“筋道”，“出菜”多。其他菜虚，最虚的是炒青菜，青菜最不“出菜”，过日子这点才是生活关键。

刘九州为了占领市场，开始大量在高平镇管辖的地理领域拓展企业文化，出钱让人写标语广告，附近村里的几位民办教师都写过，教师们让小学生提着石灰桶，教师执笔刷标语。我也写过，有时一天开三块钱。

主要写一条广告标语：“物美价廉——高平南街刘九州家里大量出售人造肉。”广告标语连着写了一个多月。刘九州说效果奇好，为这句话作证明的是造肉机器日夜响个不停，辉煌于祖上传承的豆腐坊。

有一天夜里，有人悄悄把标语上的那个“造”字涂掉了。

过了三天，派出所里连夜来了两个警察，开始焦急地敲打他的铁门。砰！砰砰！砰砰砰！

山药的胡子

第一次刮山药皮时，弄到手上，五指都是痒的，像是皮肤过敏，就找来麻油涂涂，才稳定，以后再见到山药就小心翼翼。

山药的毛须不好看，一根根毫无目的，横冲直撞，想扎人脸，远没有关老爷的美髯整齐顺溜。一位乡村厨师在郑州做过饭，见过大世面，对我说：长得周正的山药都不是好山药，铁棍山药最好，可形状最不好看。吃山药你不能揭皮去毛，山药最好的成分都在细毛里藏着。用今天的话说，那就是微量元素。

我听他的，以后吃山药就不再揭皮去毛，连毛同食，坚持到现在，一直在吸收着微量元素。不舒服的是，只觉得像吃刺猬的腿。

世上的美食家公认，天下最好的山药在豫北怀庆府，是“四大怀药”之一。焦作温县的一位诗友对我说，他家门口的那一片山药田最好，还说当年司马懿打仗用兵如神就是全靠吃了自己老家的山药。

南阳郡的诸葛亮没有吃过怀庆府的山药，故诸葛亮早逝了。

山药上下都有结果，像是前后呼应。我在院子里种过几棵山药，它们的藤蔓爬到高高的树上，最后上面还结出一颗一颗豆子，近似羊屎蛋。问一卖山药者，是山药豆，煮一下可以吃，口感是面的。

有一年我在村里陪客，吃一道清炒脆皮山药时，听到一个吃山药的冷幽默。

种瓜的吴老田说，他媳妇老家在焦作，就是怀庆府那边的。怀庆府的山药不能多吃，男人吃多了女人受不了，女人吃多了男人受不了。

有人就问：那这么好的东西为啥不多种？答：多种了土地受不了。

文学的力量很是狡猾，弄得大家吃山药前都微微脸红了。

桑葚和黑碗

“麦子黄前桑葚紫”，这一句的颜色里说的是时令。

桑树是季节树，它一向尊重自然，尊重北中原的草木美学顺序。

有一专业吃词叫黑葚，形容得最准。桑葚是逐渐长熟的，由绿到红，由红变紫，由紫变黑，最后变成它的成熟色。它不是突然来临的那种，突然得让你始料不及。

村里卖葚者从不会论斤论两，大家使用的度量衡是一种小黑碗，叫墩墩碗，属于笨瓷、粗瓷。墩墩碗有两种功能：除了春节蒸肉，再就是做夏天卖葚的容器。

小巷杂乱的市声里，常听到有这样一种紫颜色的吆喝声：一毛一碗。

不明就里者以为是卖碗。

桑葚随摘随吃，满嘴发紫，带有紫色唇语。桑葚放到次日吃口感就钝了，隔夜葚逊色于隔夜茶。

近两年，孙先生每年都自家酿制一种桑葚酒，放在十斤的玻璃瓶中，酿成后邀请我们来饮。诸子百家们一大意，往往会喝高，症状是分不清楚桑葚、草莓。

桑树是故乡树，古人造葚饼度荒。今年夏天，我在郑州河南省文学院高楼下唯一的一棵桑树上采葚，一边掉书袋。少年时读书，《卫风》里有“桑间濮上”，这是讲“诗经地理”，卫风吹来恍如旧梦，我一手的紫色都是记忆。我有心情找来一张白宣，摊平，在宣纸上摊置几颗紫葚，压上一本字典，纸上立马浸满颜色。

端详着色形，我开始贯穿一幅画，最后题款为《一纸红葚皆梅花》，凉冬热夏在此刻的空间相遇，落差显得极大。

纸上颜色可疑，观者都不知道出处。

迷蒙里，回到那一年夏天，一个少年蹲在一条小街口卖葚，他羞涩，脸红，怕见熟人。前面一方黑色的墩墩碗，一毛钱一碗。不小心染紫了手指，他只想筹得一笔买书款项。

那个孩子是四十年前的我。

树的泪

形容那种树胶状态，村里有一个专用词，叫“糗”。

小时候每到雨后，我喜欢往东地那一大片树林里跑去，那里除了雨后长蘑，在老家那三棵自留杏树上，会涌出来晶莹的树胶，黄色透明的颗粒状。我采下来，主要用于粘课本。

晴天，那些树胶会凝固下来，采得树胶，我突发奇想，就加墨，加盐，开始熬制，希望能制造出一种新的颜料。

乡村的树胶有很多种，果木树流下来的树胶最好看，是乡村的琥珀，里面有时还会沾上一只蚂蚁。

我们加以分类，桃树上的叫桃树胶，杏树上的叫杏树胶。后来到东北白山黑水间旅次，我看到松树上的松胶，那些高大的红松、落叶松，弥漫出一种松香之美，像森林的另一种语言。那一年，我还看到美人松。

我姥爷说过，树有病了生虫了才会长树胶。

我小时候想，那是树哭过。

树胶是树的眼泪，凝固下来，不化，在看着世人。现在来看，童年的误读包含一种希望，里面留有巨大的空间。

还想起一件事。那年，常听道口镇一位亲戚说，最好吃的是“树胶炖羊肉”，以后看到树胶，偶尔也想流一些口水。因差别太大，没有试过，只留有念头。

“树胶炖羊肉”一直萦绕心头，像个神秘的梦。

多年后我终于吃到了这道菜，明白过来，全是北中原口语的缘故，谜底竟是“蜀椒炖羊肉”一语误传，憧憬真是不要说破啊！

烧饼歌

“烧饼的做法如下，彻底洗净手和面盆，将面粉倒入盆中，渐次添水，揉和好，捏成烧饼，放在陶土盖下面烘烤。”这段文字说的几乎就是集市上周大拿在打烧饼，实际上不是，这是两千多年前古罗马人在做烧饼，中外两家烧饼炉距离之漫长。但是，我们村的周大拿与古罗马人几乎暗合，烧饼技法顺序大致一样。

我抄上的这一段文字来自古罗马加图的《农业志》。《农业志》是我的案头必备书，我喜欢此书并不是为了打烧饼，里面还有其他手段，譬如打场，譬如收谷，譬如把熬过的油渣涂抹到皮带上增色。

这书之所以好看是有点像我姥爷记的一本流水账。

在乡村集市上，食品部大多排在东头街里。周大拿的烧饼炉临着赵小四夫妇的那一口炸油馍锅。卖面食的都集中排列在一块并不矛盾，这样能“聚食”，赶会的食者各取所需，吃完一串油馍还会顺道吃一个烧饼，决不会绕到王铁匠摊位上吃一把镰刀。

周大拿糊了一个传统泥巴炉，用手贴上饼子，五分钟后，靠铁铲子铲下来。这时的烧饼最是可口，再停，口感就显疲了。他每天打两袋面，百十斤。正宗的草炉烧饼是烧木炭，现在多烧煤炭，他一直坚持烧木炭。

周大拿烧饼和牛屯火烧不同，两者主要是熥法不同，制火烧用铛，制烧饼用炉。周大拿烧饼红中透黄，外焦里嫩，要经和面、发酵、盘面、揉面三道工序才能入炉。烧饼分甜咸两种，咸的用香油、食盐、花椒、茴香面多种佐料；甜的切花盘沿，外涂一层糖稀，表面再沾上一层芝麻。

这样的烧饼厚度接近我姥爷讲的《水浒传》里面公孙胜那一面照妖镜。

周大拿烧饼让我明白一个规律，传统小吃是变中求定，最好不要和选总统那样四年一届，要保持历届不变、千年稳定的味道，这才叫传承。

一双素手，一定要坚持烧属于自己的那一块木炭，固执一点。

霜未降

对大地的菜蔬们来说，“霜未降”的意象相当于人生未得到历练，内容发苦。只有经霜的菜才甘甜入味，譬如白菜。

前天读王羲之《奉橘帖》，“奉橘三百枚，霜未降，未可多得”，那纸上期待落一层霜，他是谈时令里橘子的温度。中国文化史里，橘子和书法第一次有了关系。我们北中原不产橘子，只产红薯，但我知道，降霜后的萝卜、白菜才好吃，叫打霜，火气顿时都消了，像人到暮年。

晚秋来临，姥爷会把白菜一一扶正，用红薯秧藤捆住，为了白菜生长结实一点，还让我在上面压一片瓦。这就有意思了，像给白菜戴上一顶小灰帽。第二天，瓦片上就落下一层细霜。

霜是一场味道的洗礼。

降霜后，我姥姥有多出来的事，会把拔掉的茄棵上那些经霜的小茄子摘下，开始做蒜茄子；把辣椒棵上经霜的小青椒摘下，用盐水腌着，它们都没有赶上辉煌时光。

我一直是一位谦虚的人，至今未曾挽袖写过《白菜帖》来对抗《奉橘帖》。

霜也可以伪造

春节前，在县城一家超市买书，入超市买书本身可能是一件南辕北辙的事情。我忽然看到了柿饼，看着那一袋子挤着的柿饼感到亲切，买了一袋。不为别的，只为上面有霜，柿饼霜。

霜，一种我久违的乡村素面。

节后我把那袋子柿饼带到郑州，吃时细细把玩，觉得白霜太密集太厚，成块成块脱落，和柿饼本身结合得不是水乳交融，我对这种“面存二心”的霜马上持怀疑感，再翻看那塑料袋子上的文字，

上面标明如此，品名：柿饼。配料：柿子，低聚麦芽糖。

我明白，这是变相交代：霜是假的，人工造出来的霜。童年经验告诉我，天然柿饼霜是发自肺腑而成的，真正的柿饼霜是柿子哈气而成，凝聚了那么多凉意、寒气。秋天来了，霜还会远吗？

耐心的手工精神远去了！

我凭着童年记忆，还略略知道世上有一捏柿饼霜。现在年轻人大多知道楼房如雨后春笋，一般都不知道还有柿饼霜一说了。

菘，去掉草头帽子接近了松

有一语叫“春韭秋菘”，讲时令菜蔬的妙道，世界上何止是道法自然，吃菜也要法自然，法时令。连这一句都不明白，你肯定不是一个美食家。

“菘性凌冬晚凋，四时常见，有松之操，故曰菘。”是这一名字的来历。古人引申大义，故其字会意。说白了，菘就是一棵大白菜。我姥爷说叫黄叶。

中药里尽管没有它，吃白菜能治多种病，譬如治小肚恐慌，治偏头痛，饮酒无菜，凉拌白菜心治疗暗夜，还治人来疯，包括治香港脚。

白菜易入锅，还易入画。齐白石当年要大牌，想画白菜换菜贩的白菜的“阴谋”落空，我支持菜贩，换我也不换的。

白菜面庞简朴平易，天庭饱满，切开弥漫的气味使人骤然有家的味道，让你顿时安稳下来。多少人的乡愁其实就是想看到母亲切大白菜，听剁白菜的声音。

我们会因一棵白菜而分岔出思想，想起一人，想起一景，想起一事。

大地的事情
有可思也
故写之也
我以手为眼
天地皆吾师

谱四 清

汤的重复

和几个乡间大厨在白水话桑麻，这种状态河南话叫“喷诳儿”“喷空儿”，由砒霜说到豆腐脑。

大家还说起胡辣汤的好处，延伸到河南人有一说法，说河南人的理想模式是：国宴喝胡辣汤，国酒用杜康，国剧唱河南梆，定都在新乡。

我本家一四大爷笑后，开始说起一段旧事。

他竟先问我，知道泰戈尔吗？我答，这还用问。我白他一眼。倒是奇怪他咋知道泰戈尔？

按说一个厨子做好菜就可以了，不该知道泰戈尔。他说1924年泰戈尔来中国，到过山西一趟，原来那一年我本家四大爷转队在阎锡山部做饭，当火头军。

他又问我，那你知道当年泰戈尔吃的啥？

这我就不知道了，写诗人传记的作家也未必知道。我四大爷这人吊诡，专喜欢打埋伏。

他说，吃的是“五盔四盘”。

这就吊胃口了，我觉得话题开始有了听头。

四大爷说，其实简单，也没啥，“五盔”就是五个热碗：丸子、豆腐、猪肉粉条、清炒豆芽、烧山药。“四盘”就是四个凉盘：熟牛肉、蒸藕根、芥根丝、腐干。这顿饭主食还外加玉米汤、馍、糕、米饭；酒嘛，不用问自然是喝杏花村。

四大爷进一步说，当年阎锡山喝了点老酒，感觉很好，那酒不像现在的假酒，那酒不上头，就对泰戈尔谈理想，说山西人的理想是：太原成中央，国酒汾阳王，国宴玉米汤，国语五台腔，国歌山西梆。

我忽然想到：这情景不是一个甲子里的历史重复吗？我决定查一下阎锡山是否见过泰戈尔。

天下幽默一共分两种：热幽默和冷幽默。冷幽默就是暗幽默，低处的幽默，话语上面抹一层草木灰，像吸一口烟后忍不住咳嗽，烟散了再咳嗽。另一种热幽默呢？不是豫菜，像是晋菜，乡土的张扬，像那“五盔四盘”。

剔牙传奇

牙缝里有残食塞牙，我们有个专词叫“搡牙”。食物粗糙，搡牙顶多是一种不舒服状态，危机不到国家安全，但也必须加以疏导。

每个人一生都剔过牙，除非你是一匹骆驼。村里没有专用牙签之说，剔牙时大都随地取材，材多为草茎、竹篾、席篾、指甲尖。牙缝宽阔的以木片为材，不可超过一尺。

有时乡宴餐毕，剔牙者也会因一时找不到牙签而心乱，急中生智，随手从墙角竖放的一把扫帚上，掐下一截竹篾，全然不顾这把扫帚是否有幸扫到过鸡屎、牛粪。

在村里，剔牙是一种优越象征。你可以做以下推理：剔牙说明你牙不好的同时还说明你刚刚吃过肉。喝稀饭和喝凉水一般不用剔牙。

最佳的剔牙后果是把剔出的肉丝重新再咽下去，相当于回锅肉。我二大爷常因此一小节被人当作话柄。

有人知道我牙口不好，送我一个红木制作的牙签盒子，牙签盒子外形像竹节，拧开，里面可放十枚牙签，像赵子龙胯下的雕花箭壶。大家说我真是雅致，我就伪称是从皇宫流落民间的。

我雅致之后，使用过的牙签舍不得扔掉，重新放回红木竹节里，以备下次再用。

一次宴后，一位诗人急急语我："快，给哥来一支五厘米的牙签。"

乡酒浓厚，双方都喝高了。看那一口稀疏牙缝，我不知道他说的是直径还是长度。犹豫之后，还是从红木盒子里抽出来一枚我曾用过的上好牙签。

牙签还包含一种妙不可言。

当年，村里马三强的面馆隔壁就是一家牙医店，刚开张时，生意不佳。牙医主人叫王富坤，他声称：终生免费送面馆牙签，供顾客剔牙使用。

这里面是否暗藏玄机？我知道阿加莎·克里斯蒂（英国著名推理小说家），揣摩一下，咋就像一部侦探小说的开始？

它们像许多孩子站在水中

芋叶十分入画，齐璜砚池里的看家本领之一。芋叶比荷叶还入画，荷叶还需要圆周率，芋叶则两笔便可完善了，想出彩，墨里加点藤黄，忽然有枯叶的感觉。

作家废名说芋头叶子“好像许许多多的孩子赤脚站在水里”。这真是废名的童心。那些孩子长大都走散了，一叶一叶，一定还在一个人的记忆里站着。

芋叶还有个名字叫芋荷，芋叶轮廓不够浑圆，像一面面绿盾，前面有风。它是一味中药，能止泻、消肿、解毒。这些绿盾从来不抵抗秋风和时间。芋叶只是现实里的点缀，生活里的意义主要是下面诚实的芋头。

芋头形成小的球茎叫作“子芋”，再从子芋发生“孙芋”，在适宜条件下，还会形成“曾孙芋”甚至“玄孙芋”。

那些年，我母亲觉得小芋头扔掉可惜，鸡也不吃，就把不能吃的小芋头种下，浇上水，慢慢看它长，这是母亲从我姥爷那里继承

與食俱進圖也
丙申立夏後寫於鄭 馮傑
有先時而見好者三月食鰣魚是也有後時而見好者四月食芋艿是也其他亦可類推有過時而不可喫者蘿蔔過時則心空山筍過時則味苦刀鱭過時則骨硬可謂四時之序成功者退精華已竭褰裳去之也
語出隨園食單 馮傑

的习惯。鼎盛时期，一地的芋叶抢眼夺翠，会让一个院子找到充实的主题，观芋叶如观凉爽。

假如种一亩芋叶是种一亩国画，种一百亩的芋田就是种一个海的联合展出了。

今年夏天，我一直在纸上种海。

仅有芋叶的一方院子还不够完美，还需要有母亲坐在那里才算完整稳妥。

题柿子的话

“顺逆一视，欣戚两忘。”节录《菜根谭》片语。此境难得，这辈子我是达不到了，只好把这“一视”变个谐音，视为“一柿”。

吃柿子时才有这种感觉，此刻啥都不想，也没有“欣戚两忘”，更不得三望四，柿子只有软硬之感，只有生脆之分。是吸，或是啃。

落款只有引申为“一柿”。

不知《春秋》，不能涉世；不知老庄，不能忘世；不参禅宗，不能出世；不吃柿子，不知柿事。

故才不知世事，故造《柿事图》。

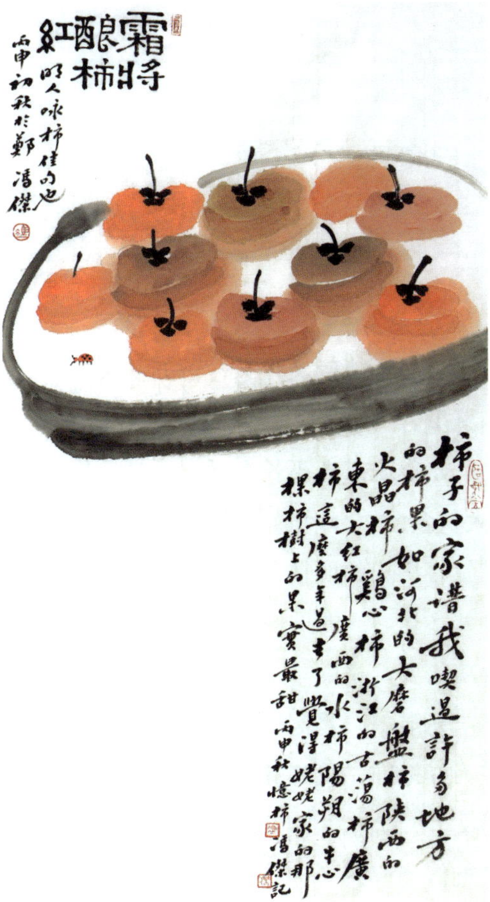
霜將釀柿紅
明人咏柿佳句也
丙申初秋於鄭 馮傑
柿子的家谱 我喫過許多地方的柿果 如河北的大磨盤柿 陝西的火晶柿 鷄心柿 浙江的古蕩柿 廣東的大紅柿 廣西的水柿 陽朔的牛心柿 這麼多年過去了 覺得姥姥家的那棵柿樹上的果實最甜
丙申秋憶柿 馮傑記

倭瓜小传——菜中的侏儒

面对菜名，且忌不能望文生义，譬如“倭瓜”二字就不能看成是日本人的东瀛瓜。

在村里，我姥爷说某人不长个子——“看你像个倭瓜”。北中原1958年“大伙食堂”年代骤然来临，在历史里，许多人个子永远都像倭瓜，钉在历史的明柱子上，永远地矮，青铜一般地矮。时代决定倭瓜，并不是后面的瓜秧。

优秀的菜蔬需要严格的本土主义。我姥爷种的好倭瓜有三个特征：一是面，二是老，三是肉厚籽少。一个倭瓜，用手指甲掐不动或掐不出印痕为好标准，我姥爷说，那才是上品。

他是乡村文人，读过司空图，他是拿评诗的高标准来论菜蔬的。姥爷说，菜品近似《诗品》。

秋天来临，一切都经了霜，我家门后面垒了一人多高的倭瓜，储存来过冬。它们一个踩着一个，稳妥向上，像放大一百倍的糖葫芦，保持着自己的形式主义。

那是乡间“钝瓜”，钝是一种内敛、质朴、笨，像我一样。没人如此美誉菜蔬的，有了这一机会让我美誉一下，这样，多年前的那一笔欠账就还上了。

乡村原始股——赊二十只鸡以后的态度

几个来到村里的鸡贩子都是去年的“陈人”，所谓“陈人”就是“陈旧之人”，毫无新意之人。有的鸡贩子是骑着旧自行车子来，有的挑着担子，迈着两条腿，我姥爷说他们是开“11路车”。今年来的这位“陈人”是挑着两个鸡筐来的，在村口，鸡贩子把挑的鸡筐放下来打开，像一池会叫的黄菊花朵。

鸡贩子对我姥姥说：没有现钱可以赊小鸡啊，赊吧，赊小鸡划算，等来年开春我才来收钱。

看到围过来的妇女们多了，鸡贩子详细解释“贷款方针”：到时候成了母鸡才要钱，公鸡就不收钱了。

“天下竟有这么划算的事？要是小鸡喂不活死了咋算？”妇女们说。

“死了那就得按赊的全数算。”鸡贩子说。

看来赊鸡也存在一定风险。

姥姥对我说：挑吧，挑那些活泼皮实的。我回家提个笆斗，将

獨有慧心分品格不隨俗眼看文章
五德之風
丁酉初春
馮傑

那些挑好的小鸡放在里面。妇女们对我说：声音高的可能是公鸡。我马上又调换了两只。

那鸡贩子在一边只是笑，从不表示雌雄，我知道他心里肯定明白。

最后姥姥赊了二十只小鸡。

鸡贩子摸出一个小本子，取下耳朵上夹的一支圆珠笔，记下来。我斜眼看上去，不知他是不会写“赊鸡”二字还是偷懒，只是在小本上画个小鸡图案，况且一点也没我画得好看。

回家后，姥姥找来窗沿上放的一点朱砂，调和好后在鸡身上染了颜色，这是便于和邻居家的小鸡区分。邻居家媳妇也凑热闹挑了二十只小鸡，她家用钢笔水染了小鸡，算是先占了蓝色。

以后的日子里，那些赊来的小鸡慢慢长大，身体良好，只是面目不清。我姥姥一叫，鸡们立马回来，鸡爪上都粘着青泥，糗成了一个个泥疙瘩，跑起路来哒哒地响，如缩小的马蹄声。

姥姥对我说，但愿全是母鸡。想想，这也倒是家里的好事情。我忽然犯了嘀咕：但愿全是公鸡，到时候就不收钱啦。

萧红吃过豫菜之初考

鲁迅 1934 年 12 月 19 日的日记记载，这天设宴，请萧红、萧军、茅盾、聂绀弩、叶紫、胡风来上海豫菜馆。豫菜馆生意火爆，需提前订菜，鲁迅头天也就是 12 月 18 日的日记里记“往梁园订菜”。

吃了，散了。天下没有不散的筵席。

那天没有留下鲁迅点的菜谱，但鲁迅信中的话会让萧红铭记终生。

本月十九日下午六时，我们请你们俩到梁园豫菜馆吃饭，另外还有几个朋友，都可以随便谈天的。梁园地址是广西路三三二号。广西路是二马路与三马路之间的一条横街，若从二马路弯进去，比较的近。

我懂几何，三角形任意两边之和大于第三边，在乡村逃学抄近路时常用。

鲁迅也是说的要抄小路。

我县的厨师后来考证，梁园豫菜馆主打豫菜是“糖醋软熘鲤鱼”“铁锅烤蛋”“酸辣肚丝汤”“炸核桃腰”四种，命名为“鲁公筵”。

这种说法除了情感因素之外，学术上靠不住，接近野狐禅。

鲁迅点菜的单子消逝成灰。没有菜，爱情终也消逝成灰。

但萧红一定吃过豫菜。即使这次不吃，后来她去山西临汾路过河南陕县兴隆镇，火车坏了，在豫西滞留数天，这有胡风日记为证，萧红这几天一定吃过豫菜。出于情感，我觉得应该让她吃一道中原的黄河鲤鱼。

下面列出我家做糖醋软熘鲤鱼的食方。

原料：鲤鱼、白糖、酱油、蒜茸。

1. 鲤鱼去鳞、内脏、两鳃，鱼身两侧直切后斜切成翻刀，提起鱼尾使刀口张开，料酒、精盐撒入刀口，稍腌；

2. 清汤、酱油、料酒、醋、白糖、精盐、湿淀粉兑成芡汁；

3. 在刀口处撒上湿淀粉，放在七成热的油中炸至外皮变硬，移微火浸炸，至金黄色，捞出摆盘，用手将鱼捏松；

4. 将葱、姜、蒜放入锅中炸出香味后倒入兑好的芡汁，起泡时用炸鱼的沸油冲入汁内，加以略炒迅速烧到鱼上，即可上桌。

这是距萧红 80 年之后，有一条黄河鲤鱼在我家的做法。

羊外腰如作家之笔名

羊腰在村里叫羊蛋，兽医讲的专业术语就是羊睾丸。过去在北中原村里杀羊，一般都喂狗了，现在社会讲品味，羊腰流行，一时成了佳肴，也是一种“与食俱进”。

羊腰有内腰、外腰之分。外腰是羊肾，内腰是羊蛋，但一般统称为羊外腰。

羊外腰有一股臊气，清煮时需要佐以大料控制，以大葱爆炒腰花最出名，这是豫菜里的一道名菜，还有与之相关的菜叫杜仲腰花、凉拌腰片，近来以烧烤腰花最盛。我认为，羊外腰最好趁热来吃。

夏天，街头烧烤羊腰的生意分外好，近些年大气污染，夜空已变得模糊，看不见星星，现在加上焦烟弥漫，也看不见羊腰了。这个年代，人们似乎都需要补肾，需要吃羊腰。

一次，我在马寨黄河渡口采风，发呆时候看黄河东流去，河对面就是黄巢的曹州。我看到一个黑大汉从对岸往船上搬运筐子，大汉魁梧，有点像山东过来的黑旋风。河风一吹，筐子里透出一丝异味，还捎带了几只苍蝇。

我问，啥宝贝啊？大哥。

你咋说话的？

我忽然想起山东要尊称二哥不能叫大哥。

他说是两筐羊外腰。

咋能这么多？那得杀多少只羊。

汉子嘟囔着：我们那里人都不吃，都嫌臊气，就你们对岸长垣人肾虚，土豪都有钱，喜欢吃这臊呼呼的羊腰。

元宝骨——我和坡公

新菜要常中生巧，平中出新。

啃猪蹄本是件粗吃，但俗相可以做成雅状。猪蹄关节中间有一块软骨，两个指甲盖大小，叫元宝骨，是以形命名。四个猪蹄便有四个元宝骨，前腿的小，后腿的大。制作时略炸，轻煮，加生洋葱片，这道菜的特点是香而不腻。

世上发明都是闲心生出，闲能生事，潘金莲就是闲出事的。因此，坐监狱如果能定下心来，易产生科学家。如果被缉拿批捕而恼羞成怒，只好易出作家。故，一种公式如下：囚徒＋时间＝爱因斯坦或巴尔扎克。

苏东坡是另案，他把中国古典的猪杂碎推向了烹饪史的高潮，我写过他的《猪肉颂》一诗。猪蹄上的那块元宝骨是他当时没有发现的，他主要侧重猪头肉之建设。

我修行不济，从文习画没有拜过老师。这些年来，我心仪苏东坡，用媚俗的话说，我愿意拿出我全部的诗文，和苏东坡共处一个

有竹的月夜。

约会的画面可穿越，也可提前设计如下演习：髯公大嚼猪头肉，我一边小啃猪蹄，后面必须挺立两棵朱砂竹。

以上是一段近似猪尾巴般婉曲的闲文字，仅仅是说元宝骨吗？

压瓜经·细节的存档

草木自有顺序，枣树发芽时节方可种瓜。

我堂侄子说石榴树发芽、木瓜树发芽时照样可种，请你不要抬杠！

种瓜系列里，瓜大小皆有，只有种西瓜才配称大瓜。西瓜从下种到成熟共一百天，从秧上坐纽到成熟只有二十八天。

每个人自执的压瓜铲都不外借。姥爷的一柄压瓜铲巴掌大小，枣木饰柄，整日在沙土里打磨，薄如蝉翼。洗脸后不用照镜子，用铲子晃一下就行了，照见胡子五蕴皆空。西瓜秧长到一尺长时开始压瓜，再长一尺时，再压一次，再长，再压，反复要压十次。

不压瓜秧的后果很严重：风一吹，它们就要翻秧，像鱼翻白肚，瓜秧会被晒黄。

我姥爷除了懂“相马经”，还会说“压瓜经”。他这样讲压瓜技巧：“说是压瓜，实际是把西瓜叶子压住，不是直接压住瓜秧。”

沙地种瓜最宜，压瓜时要学会留杈，一尺远距离依次留三根杈，

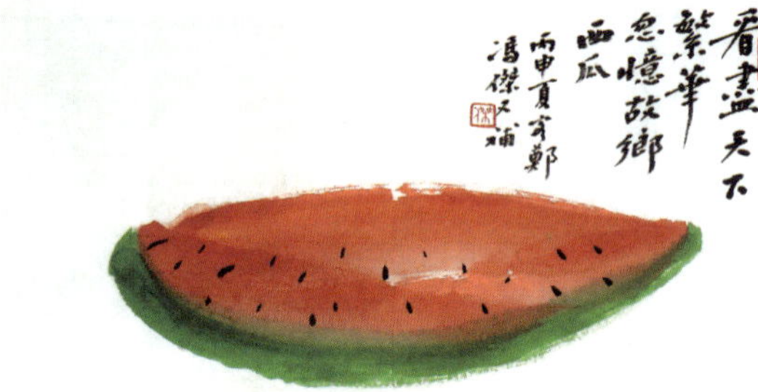
看盡天下繁華
忽憶故鄉西瓜
丙申夏於鄭
馮傑又補

任人世上奔波忙碌
我有一方清涼世界
原是賣瓜者説
丙申暑 一哂 馮傑

一根杈上留一颗瓜，如果主杈上没有分杈上的瓜长势好，要当机立断，留分杈上的瓜。

一棵瓜秧上留一颗瓜做纽，这是植物的优生学。

瓜长到鸡蛋大小，要把前面的瓜秧捏扁，不让它长得旺气太盛，太旺盛坐不住果，用现在话说叫低调。现在官二代多有瓜蛋太盛的倾向。

最好一天浇两次水，不能直接浇到瓜秧上，瓜秧怕水淹。在瓜秧旁边浇，叫偷浇，西瓜也喜欢春风化雨之类的软方式。

施肥不能用尿素、化肥，那样长出的西瓜不甜，用大粪、豆饼俱可，猪粪最好，瓜田里的香附草最怕猪粪，我叫“地地蓼”。滑县的“卫香附”中药成色足，西瓜田里就怕这种草，它是地下隐藏的一种绿色暴动，滑县的“卫香附”们会埋住瓜秧，蔓延大地，乡村再优秀的瓜蛋从此不会有出头之日。我知道猪吃草，没想到猪粪也吃草。

最后说护瓜，在瓜纽下封一个土坡，让瓜纽坠在上面往下长，面相朝阳，五官端正。我姥爷的三亩瓜田里，那些看到阳光的西瓜内心最甜。

新华社在晚间新闻里播报河南西瓜打催熟剂在夜里一一爆炸的消息。我少年时代写过“西瓜美学”的诗句，一时间能拉开距离。

那一年，我把姥爷的那一柄压瓜铲丢了。

想想，竟是在一次种“黑美人”的西瓜时丢的，瓜子如痣。想到那个人，使我心疼到现在。

庾信酥瓜老更成

“老酥瓜，嫩菜瓜，噎死狗的面甜瓜。”这一谚谣是说瓜果成熟的极致。长到这种状态最是好吃，口感最佳，属于评判北中原三种瓜的正确标准。

酥瓜多是叫牛角蜜、羊角蜜，因形赋意，属于芳名，相当于称关羽为“美髯公”。

菜瓜这个品种已经消失了，生吃以嫩为佳，尤其是老菜瓜，皮厚实，易出菜，母亲做饭时多使用。菜瓜是北中原的通称，学名叫“越瓜”，《诗经》里的“中田有庐，疆场有瓜”，说的就是菜瓜而不是西瓜，那时西瓜还在波斯瞌睡未醒。

面瓜以沙质为上品，没有馒头的乡村年代，可以充当一种天然的“乡村面包”，面瓜是瓜类里最有力气者，村语评价叫“当饥”。我母亲喜欢给我姥姥买一种叫“黑老包”的面瓜。

多年后，我吃嫩小酥瓜时，口味不对，会感叹道：这不是庾信文章老更成，而是庾信酥瓜老更成。

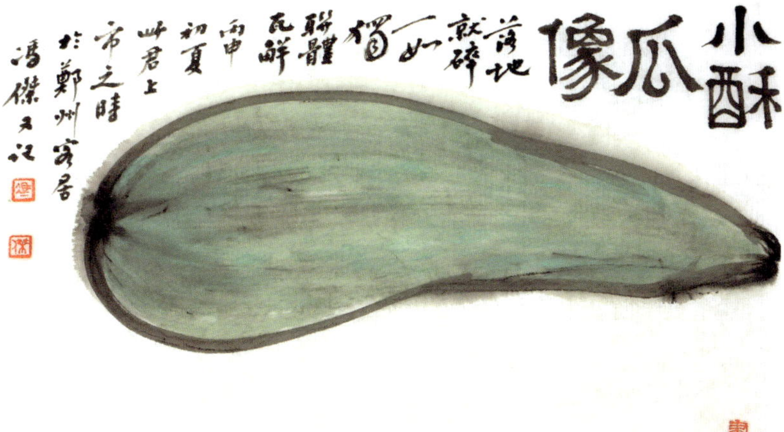
小酥瓜像
丙申初夏
於鄭州寓居
馮傑又記

我是因为杜甫知道了庾信，知道这位籍贯中原新野的老乡初见槟榔，勾起思乡惆怅：“绿房千子熟，紫穗百花开。莫言行万里，曾经相识来。”

他一生没有见过中原的瓜，写异乡的槟榔，他在异乡听到故国的声音，如果他见到酥瓜呢？

郓哥，你见过榅勃吗？

一位远在异国至今尚未见过面的美女发来五张草木照片，让我猜一个水果游戏，图片分别是：叶子、水果、水果、叶子、水果。

问我见过这样的水果吗？附讯还不忘幽默，说不许我请教“二大爷”。她读过我的书。其实这位“二大爷”是我文学里一个子虚乌有的大爷，属于文学符号，知识学者型的乡土二大爷并不存在，他接近神器。但是这一符号写得太好了，几乎误导得大家都认为我和二大爷同枕一部乡村词典，整日画地为牢，出口成章。

对我来说，此果实少见而且可疑。我赶过十多年乡村集会，吃过不下二十余种水果，不是我谦虚含蓄，这水果我真没见过。就如实回答说不认识，解释说：中原没有，此水果在北纬35度以南，也就是我村以北肯定没有。

两天之后，学识渊博的美女对我说是“榅勃”。

即使知道了谜底我也没吃过，隐隐在旧书里见过，这一来一往我算长了知识。

此刻该孟元老出场了，他在《东京梦华录·中秋》一段里说时令水果："是时螯蟹新出，石榴、榅勃、梨、枣、栗、孛萄、弄色枨橘，皆新上市。"

等中国水果都来齐后，往前推算，在宋代日常生活里，榅勃摆满东京街头，宋徽宗吃过，李师师吃过，宋公明吃过，朝廷里的忠臣和奸贼都吃过。榅勃后来在烽烟颠簸里失传碾碎，多年过去，到明代的有一天，陈继儒吃过，他说它"肉色似桃"，这是一位活在梅花里的作家。同行有一句诗刺他"翩然一只云间鹤，飞去飞来宰相衙"。

再后来，我们看不见榅勃了，它隐藏了起来，只在纸上出现。

能吃到某一种水果又知道它的前身后世，这算"吃出有名"。吐核后，咳嗽后，都不是一个瞎吃的食客。

趣味的意义是：一个人在人生的焦躁里可以把一枚水果做得有意义，学习犬儒主义。我没有吃过榅勃，但能想到，下次见到门口那位山东卖梨者，我也向他忽然发问：郓哥，你见过榅勃吗？

饮者参考存单

全村猜枚最好的是老光棍赵布袋。

赵布袋善饮，一辈子几乎成了一条酒布袋。酒是何物？酒是晚秋回家的一条细布袋，装满快乐。他如果在胡同口一闪，胡同底马上就会灌满酒气。我二大爷笑他，说如果他一年秋后打下两布袋粮食，其中一布袋必来换成道口的“小鸡蹦”烧酒。

赵布袋猜了大半辈子好枚，他最擅长的是“魁五首”的猜枚大法。

实战中有“攻枚”和“守枚”两种战法，这种“魁五首”的猜枚之法近似守枚，特点是必须守定，以不变应万变。猜枚时不出其他数目，单单只出“五”，发喊时多为：“有魁，魁五斤，五斤魁，魁魁魁，魁魁五，再魁魁。”掌上变化，如五朵梅花，花开花落，宠辱不惊。一桌子他一人连续猜一遍，号称“过圈”或“打关”。

村里日常使用的枚法有三种方式，以上是第一种。

第二种是“猜有冇”。取一个纸团或一颗豆子，手中摇晃一下握住，主方让对方猜。

第三种是“老虎杠”。拿一根筷子敲酒碗或盘子，双方约定喊“杠子”“老虎”“虫儿”“鸡儿”。规律是老虎吃鸡，鸡吃虫子，虫子拱杠，杠打老虎。一轮三杯酒，输一次饮一盅。兴致高时双方可战六七轮，近似我姥爷讲过的岳家军车轮大战。

有一天，李书记的工作队来了。热闹了一些日子，把全村的鸡鸭吃光了，以后的猜枚法里忽然又加了一个“干部”。有人暗笑，猜测是民办教师赵天麻的诡计。

赵老师说，俺哪有这么大的脑筋，是那个长着一脸络腮胡子像一丛风中荒草的人教给我的。

这种枚上的顺序调整为：干部吃鸡，鸡吃虫儿，虫拱杠，杠敲老虎，老虎吃干部，有“干部”这一元素的出现，猜枚时更得费心机，赵布袋以后的饮酒胜率忽然少了。

罂粟帖

每一位政客和诗人都与罂粟有关。

罂粟讲究时令，一旦过时，便不会发芽。每年北中原耩麦时节，罂粟和小麦同种，近似天使和恶魔同舞。那时，我也会种上罂粟，揣摩良久，从不敢超过八棵。

我见到的植物谱里，没有比罂粟籽更小的颗粒。不好比喻，在罂粟壳的一间房子里，几乎装满了一条银河的星星。

阿芙蓉，多么美好之名。李时珍却说“嫩苗作蔬食极佳”，他倒像御厨。这是我喜欢的姿态，我期待天下名人都带有吃相。

外国诗人只会抒情，德国诗人保罗·策兰《花冠》一诗里有一句涉及罂粟：

我们相爱如罂粟和记忆
我们睡了像酒在贝壳里

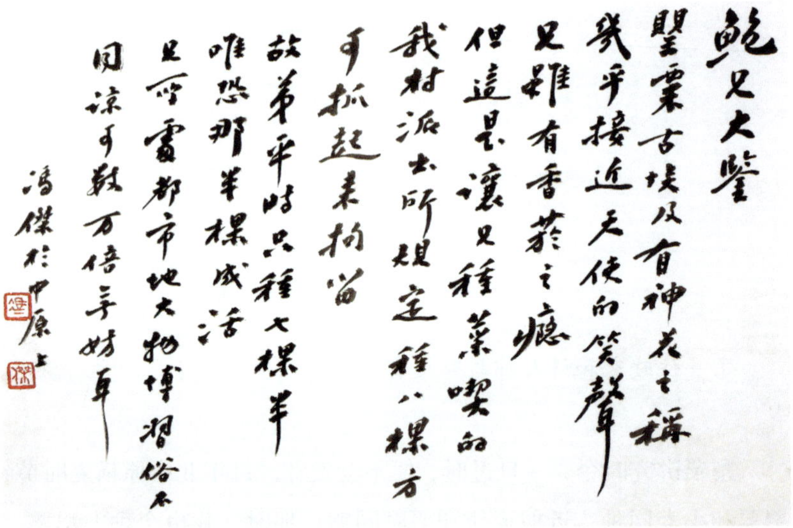

鮑兄大鑒

罌粟古埃及有神花之稱

幾乎接近天使的笑聲

兄雖有香菸之癮

但這是讓兄種菜喫的

我村派出所規定種八棵方

可抓起來拘留

故弟平時只種七棵半

唯恐那半棵成活

兄所處都市地大物博習俗不

同諒可數万倍乎好耳

馮傑於中原上

即使有酒，他让酒瞌睡，也不让酒醒。

罂粟之暗或罂粟之亮，皆有人心惊，但如果没有罂粟，这个世界将会不复存在。罂粟之灯照亮世界，那种妖艳让人着迷，它真是思想的平方。

有人用罂粟治疗忧愁和哀伤，我条件有限，迟迟不曾下手。

苏轼是这样来的：“道人劝饮鸡苏水，童子能煎罂粟汤。”苏轼也喝汤。罂粟壳在我家也用于熬汤、治肚疼、治不顺气，这是我姥爷说的。

我一直不知道苏轼喝的“鸡苏水”是何种情物？多年后，知道那只是一道薄荷汤。

芋头和鼻涕

《山家清供》说唐高僧明瓒烧芋头之吃事，正吃之间，外面有情报了，是朝廷遣人请他，他说：“尚无情绪收寒涕，那得工夫伴俗人。”

这境界真是好得紧：老子正吃芋头，连天冷得连鼻涕都顾不得揩，哪有工夫搭理你们这些俗人？且喝彩的是这一道鼻涕来得真是时候，意象透明。

从唐至1949年，就餐时不擦鼻涕者都是雅士。

明瓒是芋头的代言人，又有一首诗：“深夜一炉火，浑家团栾坐，煨得芋头熟，天子不如我。”这是掏窝子的真心话。当年我三姥娘问过我：毛主席他老人家是否天天都在天安门楼上炸油馍？

支锅者自满，拥芋者自信。

还说唐朝时间，那年唐名相李泌夜里前去看明瓒，他正拨弄火煨烧芋头，拿出半只芋头来吃，对李泌说：不要多讲，去做你的十年宰相去。

芋头的吃法不只是烤，吃芋头主要还得看和谁，没有合适者就自己一人吃。笼火，剥皮。下大雪，独煨芋。

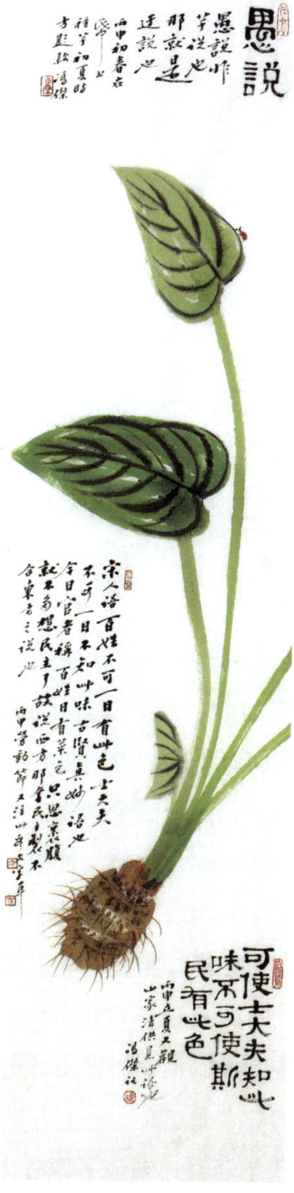
愚說
可使士大夫知此味不可使斯民有此色

以墨煎鱼

苦瓜和尚可吃，八大山人难登。

——冯杰

中国文人画鱼以八大为最有神采，白瞪眼；虚谷次之，方眼；白石再次之，眼珠子多于眼白。诸位皆次之，历史上故称“余下”，那一位会不同时机翻“青白眼”的阮籍不是一条鱼。

到了后来，其他画家画得面目全非，都是炸过的出锅之鱼，近似我老家厨师的鲤鱼焙面，近似红烧黄河鲤鱼。

凡画坛上私自誉为的“梅花王”“虎王”“鱼王”者，皆夜半私下自封也，你不要相信，这些“王”们压根儿没见过老虎和鲸鱼。我认为：一个人可以不钓鱼，但要知晓鲸鱼之域，知道鲸鱼喷水的高度和它庞大的肺活量，里面可走马过车，可胸怀开阔。我画过龙，从来不敢自称“龙王”。一个人一生不要说硬话，但也不要干软事。

话说我年轻时，知道平原省出过一“鱼王”，叫东方人，他出

北冥有魚其名為鯤鯤之大不知其
幾千里也化而為鳥其名為鵬鵬之背
不知其幾千里也怒而飛其翼若
垂天之雲是鳥也海運則將徙之
於南冥南冥者天池也 此莊子語也
丙申秋於鄭州
馮傑

手就会画鱼，郭沫若题字，爆得大名，后来发现每幅画都是相同的郭字，明白过来后，知道他使用了移花接木技法。国画里有一种叫水印，不然每幅都写，还不累死“郭老”。

我画鱼颜料用过陈醋，用过咖啡，还有拓法，拓鱼时最为省事，比水印郭沫若的字心境都平和，好玩，一边还不时流哈喇子。夏季鱼易糟烂，冬季鱼身易发硬。时间选在春秋季节为佳，以永和九年暮春为适。当时心情好，便手不冷、不颤抖，效果就鳞瓣可数。我的体会是画鱼舒服，近似拨算珠子。

一些北中原的歇后语——吃

马老六吃饺子——心里有数，马老六剥蒜——瞎扯皮。马老六是说书盲人，最拿手的是唱“莲花落”。一手全拿，见他脚蹬乐器，手敲乐器，说得满地月光，一天月华，我的语言节奏就来源于他。

辣椒上面吊茄子——红得发紫。滑州县委的李书记，因工作关系来我们村住过，叫“住队”，他说抓谁就抓谁。

茶壶里煮饺子——肚里有货倒不出来。民办教师孙百文就是这一类。

鸡蛋壳里发面——没多大开头。上课时，孙百文有时竟这样来说我们。他课下解释，这主要是激发学志，没有别的意思。

豆腐渣贴门神——不粘板。那一年第一次考高中，我就是这样的下场。

老鼠掉到锅里——白搭了一锅汤。

嘴里嚼大葱——说话带辣味。隐喻我二大娘的行状风格。

刮大风吃炒面——张不开嘴。有一次说到求人借东西的事，我姥姥我说小小年纪就不好求人，就是“张不开嘴”，脸皮薄。

一嘴吃个鞋帮——心里有底。一双鞋分鞋帮、鞋面、鞋底（有一种带鞋带），有时鞋面上还绣花。我后来在一篇散文里写过一个人投井前，在井沿留下一双鞋，写到“鞋面上飞着一只布谷鸟”一句，评委说我写得矫情。这是相隔，没有深读，不知道我是写鞋面上的某一种绣花，我们村里的女人有这个手艺上的习惯。

裁缝丢剪子——光剩尺（吃）了。说好吃懒做。引申一下，光棍李布袋坚守寂寞，坚守了 45 年，终于从柿园村娶回一个媳妇，那媳妇不会过日子，是个吃货，村里都说她是“吃嘴不做活，串门说瞎话”。

嘴巴上挂油瓶——油嘴滑舌。我姥姥说村里队长家的媳妇就是这一号人。

包子张嘴——露馅。有时也形容村东烧鸡铺的李老大，他在烧鸡肚里放秫秸秆。

他拎着猪头，他穿过竹林，他来了

一个人一生可以不识苏东坡，但一个人一辈子不能不认东坡肉。

我版本里的苏轼如是相：着草鞋，顶斗笠，吃零食。

苏东坡是一位自学成才的美食家，吃出来的。他没有持当下流行的“中国烹饪大师”证，他是第一个把猪头大大方方拎到中国文学大锅里的推动者，他光大了赤壁、散文和猪头，让我今天能在字里行间刮骨剔肉，听风观月。

猪头肉的好妙在于无阶级之别，猪头肉只有口味之分，世上除了林黛玉、薛宝钗之外，在野党和执政党都喜欢猪头。

猪头肉关键在于煮。煮猪肉容易煮猪头肉难，比解释《后赤壁赋》难度更高。前后《赤壁赋》好这不用说，已是大家公认的，猪头肉若煮不好则不如文章好吃。

我童年就煮过猪头肉，从我煮猪头肉的经验看，除搭配香料外，秘诀就是一个字——“慢”，和孔明、周瑜掌中的那个“火”字一样重要，要有耐心，需要细火。

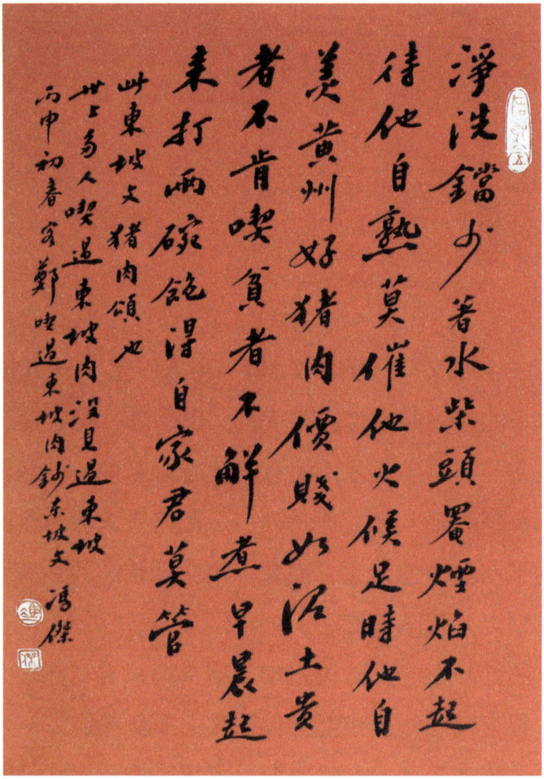
淨洗鐺少著水柴頭罨煙焰不起
待他自熟莫催他火候足時他自
美黃州好猪肉價賤如泥土貴
者不肯喫貧者不解煮早晨起
來打兩碗飽得自家君莫管
此東坡之猪肉頌也
世上多人喫過東坡肉沒見過東坡
丙申初春客鄭喫過東坡肉錄東坡文
鴻傑

面对一腔猪头，焦躁不得。在一方辽阔的铁锅里，猪头静静听着外面的火声和诗人笔下句子的吵架声，有时，它显得比人更有耐心。猪头在热汤里，呲着一口白牙，像在等待一个贴切的比喻。

粽子和挑粽子的诗人

事和食都有缘由，由一顿自助餐引起。

有一次开黄河诗会，见到一位受邀请而来的江南诗人，大家排队吃自助餐时，他在我前面，只见诗人用镊子挑粽子，挑一个不要，扔到大盘里，再挑一个，不要，扔到大盘子里，连续挑了五六个，结果一个没要，不知道他是嫌粽子线小还是嫌粽子叶大。

我站在后面，如果他不是客人，我会开导他一句：吃一个！

好在我当时尊重早上的心情和院外的桂花香气，毕竟我还是东道主。

中午自助餐时，他又出现，在选台上旁若无人，毫不遮掩地打了一个大喷嚏，口水喷薄四溢。

晚上，一辆车上坐了五十位诗人和两箱矿泉水，物与神游，一齐去登封看大型情景剧《禅宗大典》，露天星光下，恰好这位挑粽子的诗人坐我前排偏右，他好动，从开始到结束都在向同座一位女同行卖弄见识，声音大过舞台上的和尚念经。今夜不是幡动，也不是心动，是他的喉咙一直在动。

孔雀的开屏夜间是看不到的。

我身旁一位王老兄看不惯，欲开导这一位南方诗人。我拉住说，快看台上牧羊女要出场了。

我想让一颗江南粽子保持对中原的好感。

以后几天里，每次吃饭，我自觉和挑粽子的诗人坐得远远的，约有五百颗粽子的距离。我不喜欢的人也会不喜欢看他吃饭的姿势，不喜欢听他说话的声音。

保持距离是一种礼节上的款待，古代的月光都懂。

诗会结束两天后，闲时细想，证明未修炼到家。都听到和尚念经了，还包不下一颗粽子的涵养。想到一位老厨师马三强对我说过：苇叶、竹叶、荷叶，叶子不同，它们包出的粽子味道各不相同。

纸经和红笺

细纸绳子称作“纸经”。

乡村商店、供销社日常包扎点心、糖果，都一律用纸经。一大团纸经，一根细线环环抽出，售货员在纸包上盘成一个十字扣，包扎好后，用手一拧，纸经就断了。

商店里生意好的时候，一天能用好几大团纸经。纸经的缺点是耐旱怕涝，一沾水就断了。

小镇上卖油馍的用柳条穿着，卖柿饼的用柳条穿着，卖小鱼也用柳条穿着。只有包扎糖果、点心这些吃物，适合用纸经。

包扎妥后，点心面上再加上一张红笺，算是小招牌，像一方不显山不露水的广告。

我放学路过供销社，那里甜味弥漫，迟迟不走。我最好看那一位售货员包梨糕。一来售货员长得甜，二来草纸里包的东西甜。哗啦哗啦，一屋子都是甜的声音，我在一边咽一口唾沫。

我爸曾经很失落地对我妈说，我姐姐申请了几次都没当上售货员。

養神圖
純粹而不雜靜一而不變
澹然無為動而以天真
謂之養神也
丙申大暑寓鄭製涼
馮傑

我们家太普通了，没有靠山。在小镇上，售货员是重要职位，只有公社书记之类领导家的子女才能担当，她们走起路来，一路雪花膏味。

一天，我在旧屋的墙缝里钩壁虎，掏出来几片小红笺，是姥爷吃完点心留下来的，敬惜纸张，他总觉得藏着的物件会有一点念头，也许有一天能用到。

炸菜角时不能诳语

我姥姥炸菜角的目的有两个：一是食用，二是上供。前一项不用多说，说多了无聊；后一项如今多无人来演习。

炸菜角属于一道素食，菜角形状是半月状。圆月状的不叫菜角，叫糖糕。两种食品都使用“烫面”才合乎规范，馅儿使用韭菜、细粉配鸡蛋，吃起来才地道。

我从灶头得来的经验，操作标准是：锅热，炸时要保持对食物的敬重。西墙佛龛里的灶王爷并没有瞌睡，一直在朦胧的灯光里监视。

姥姥炸菜角时，只管让我专心添柴烧灶，嘱咐不要说诳话、道恶语。否则，热油会“嘭”，溅油烧脸。

不止炸菜角，包括炸油馍、炸油条、炸年糕诸类，我一直信以为真。

今秋一天，我在道口镇参加一个“欧阳修笔会”活动，欧阳修当年在滑州任过知州，在这里写下了《画舫斋记》一文。里面有“列官于朝，以来是州，饱廪食而安署居”的句子。我便推测，欧阳修也吃过滑县的炸菜角。早上散步，滑县人遛狗者少，忙于生计，见街边支着一口大铁锅，一个妇女在炸菜角卖，油箅上摆满一排金黄的菜角。

每个菜角都是货真价实，像河南人一样实在，足有半斤。我问价，她说两块钱一个，我说往年是五毛。她说早啦，现在啥都涨了，菜角也跟着涨了。

油锅里不断推陈出新。更生动的细节是，旁边有两个年轻人正在吵架，而那一口油锅显得很平静，间距三尺，面对这么多溢出锅沿的诳话恶语，这一面油锅竟宠辱不惊，全然不“嘭”，念佛了？

这一瞬间，我对自己童年坚持的那一理论表示怀疑了。童年可信，从童年来到的当下不可信，我就想，是否有什么样的人习惯上就有什么样的一口油锅？

那天吃菜角时一点都不轻松了，想多了，忘记了是啥馅儿。

跋　菜蔬对水墨的晕染

冯　杰

我没有想到菜单会和水墨来结合，两者都是自己的，来“味透纸背”。

有一年在河南省博物院，我抱着郑重态度看张大千绘画展览，《长江万里图》多是风云变幻、荷花长卷图无非色空等等，它们皆与我无关。刹那间，我对老张写的那些菜单子兴趣盎然。黄瓜的刺、菠菜的红、茭白的白、荆芥的喷嚏。

多年前吃的菜蔬谷米，饮的风月旧事，都是可入菜单子的。

调墨调墨，故有此书。

还是为纪念父亲送我的那一面铜墨盒子。

2016.11.11 于郑州